ALMAS GEMELAS

MILLENIUM

ALMAS GEMELAS

Deepak Chopra

VERGARA
GRUPO ZETA

Barcelona • Bogotá • Buenos Aires • Caracas • Madrid • México D.F. • Montevideo • Quito • Santiago de Chile

Título original: *Soulmate*
Traducción: Victoria Morera
1.ª edición: abril 2002
2.ª edición: febrero 2003
3.ª reimpresión: abril 2005

© 2001 by Deepak Chopra
© 2002 Ediciones B, S.A.
   para el sello Vergara

   Bailén, 84 - 08009 Barcelona (España)
   www.edicionesb.com
   www.edicionesb-america.com

ISBN: 84-666-0947-4

Impreso por Imprelibros S.A.

A mi padre

Me desgarraste y abriste mi corazón.
Me colmaste de amor.
Vertiste tu espíritu en el mío.
Ahora te conozco como a mí mismo.

De las *Odas de Salomón*

PRIMERA PARTE

EL ROMANCE

1

El amor es el pasaporte a un misterio.

Diario de Raj Rabban

Todo aquel que crea en el amor debería leer la historia de Raj Rabban. A la edad de veinticinco años todavía no se había enamorado. De hecho, apenas sabía lo que significaba amar. El trabajo, como ocurre con frecuencia, era su excusa. Raj llevaba algún tiempo trabajando en la sala de urgencias de un hospital de Manhattan. Sus compañeros habituales eran heridos de bala que se desangraban en la camilla, drogadictos con sobredosis que encontraba la policía y suicidas que, en muchos casos, tenían éxito. En la Facultad de Medicina había atendido con devoción las necesidades de un cadáver durante varios meses, y por eso en sus citas, cuando le quedaba tiempo para citas, despedía un ligero olor a formaldehído. Literalmente. Las chicas lo percibían en sus dedos aunque se los hubiese frotado a conciencia.

Lo cierto es que el amor más grande que Raj había experimentado era el que reflejaban los ojos de su madre cuando él tenía tres años. Amma lo trataba como si fuera un cruce entre una bendición divina y un príncipe mogol. Cuando era niño su postre favorito era un pastel de zanahoria caliente envuelto en una hoja fina de un papel de plata comestible.

—Y el último bocado para ti —decía ella mientras pegaba un pedacito de papel brillante en su frente. Incluso le había puesto Rajá de nombre.

Raj aprendió que a los niños príncipes les resulta muy dura la transición a adultos normales. No quería que lo adoraran para siempre. Es decir, no quería ser sólo adorado. Finalmente les proporcionó a sus padres el inmenso alivio de encontrar a una chica. De hecho, ellos la encontraron para él, pero se sintieron igualmente aliviados. Se trataba de una joven buena y atractiva que, además, se preocupaba por él. Papá ji le dijo que se casaría con toda la familia.

—Haz lo que tienes que hacer y no le rompas el corazón a tu madre —le dijo papá ji a Raj cuando se reunieron todos para celebrar el Shivaratri.

Raj no estaba tan seguro de lo que opinaba su madre. Todas las jóvenes eran las adecuadas hasta que se acercaban un poco. En cuanto a ésta, Raj empezaba a quererla, aunque no lo suficiente.

—¿Qué tal esta noche? —le preguntó su padre durante el Devali, el festival de las luces.

—Esta noche no —respondió Raj.

No deseaba romperle el corazón a nadie, aunque cada día quería más a aquella mujer. Además, debía ocuparse de su futuro, si no, ¿qué podría ofrecerle? Ella, además de buena persona, era paciente, así que estuvo de acuerdo: no había prisa.

En Navidad Raj pensaba de modo distinto. Sentía que la quería de verdad. Su nombre se convirtió en algo real para él. Maya. Y dejó de ser sólo la mujer con la que su familia quería que se casara. Maya era para él y la espera empezó a resultarle insoportable.

En cualquier caso, aquello no iba a ser relevante. Raj no sabía que iban detrás de él. El amor y la muerte eran como dos hermanas, una bella y la otra aterradora, que el destino había unido. Ambas habían puesto los ojos en Raj, aunque, al principio, él sólo vio a la hermosa y no hizo caso de la otra, que la seguía un paso atrás.

La hermosa se llamaba Molly, y Raj la conoció aquel verano en el metro de Nueva York. Era difícil no fijarse en ella, pues tenía el cabello de un vivo color rojizo y llevaba un vestido de boda rosa. Raj había subido al metro en la calle Cuarenta y dos, en la estación Grand Central. Volvía a casa después de las vacaciones cargado con dos maletas gastadas. Ya tenía cuatro mensajes de Maya en el contestador y estaba deseando verla.

El día era bochornoso y agobiante, uno de esos calurosos días de agosto que resultan difíciles de soportar incluso sin equipaje. La novia se agarraba a una de las barras, porque temía estropear la falda larga de satén si se sentaba. De hecho, ya empezaba a arrugarse debido a la humedad. Sus miradas se cruzaron, pero ella apartó la suya. Raj no lo hizo. Por alguna razón, su presencia en el metro constituía una visión asombrosa.

—¿Necesitas ayuda? —le preguntó, asegurándose de que el tono de su voz inspirara tranquilidad y no recelo.

La mujer enarcó las cejas.

—No tanta como tú —le respondió.

Raj era musculoso, pero en las dos estropeadas maletas llevaba la mitad de los libros de texto de los tres últimos años y ropa que Maya había dejado en la cabaña del lago al tener que marcharse con antelación. Eran sus primeras vacaciones solos y habían pasado buena parte del tiempo hablando de su próxima boda.

Raj vio que dos chavales entraban dando codazos en el vagón y empujaban a la mujer.

—¡Cuidado! —exclamó ella en vano.

Un pequeño ramillete de orquídeas se le soltó de la muñeca al desatarse la cinta de seda que lo sujetaba. Ella lo levantó, lo examinó durante un segundo y lo tiró. Luego, al girar el cuello para mirar por la ventanilla, su cabellera pelirroja se derramó sobre sus hombros. Raj sintió la fluidez de su gesto como si le rozara la piel y esa sensación lo perturbó.

—¡Vamos, vamos! —murmuró ella.

Raj se inclinó hacia ella desde el otro lado del pasillo esquivando los cuerpos que se apretujaban entre los dos.

—¿Llegas tarde a tu boda?

Las puertas metálicas se cerrarían de golpe en cualquier momento y el traqueteo del metro le impediría oír la respuesta.

La mujer se fijó en él otra vez, y en esta ocasión no retiró la mirada.

—No es mi boda —replicó—. Soy una de las damas de honor y se me ha estropeado el coche. No podía hacer otra cosa. —Levantó la barbilla—. Supongo que no te has casado muchas veces, porque las novias visten de blanco. Nos devuelve la buena reputación por un día. —Tras su máscara de preocupación se dibujó una sonrisa, una sonrisa cautivadora.

Las puertas del vagón no se cerraban, y después de unos minutos el conductor anunció que había un incendio más adelante, en la vía, y que el transporte hacia la parte alta de la ciudad quedaba interrumpido hasta nuevo aviso.

Raj se rió.

—¡Vaya faena! —gritó por encima de las quejas de los demás pasajeros—. De todos modos, ¿adónde tienes que ir?

—A la catedral de San Juan Evangelista —contestó ella—. En la otra punta de la ciudad.

Él se hizo una composición de lugar: Dama de honor desesperada queda atascada en el tráfico del centro de la ciudad con un coche destartalado que se estropea en el peor momento. Al no poder volver a ponerlo en marcha, lo abandona y huye.

—Ven conmigo —gritó Raj.

Abandonó las dos viejas maletas y se abrió camino entre media docena de trajes grises. Actuó con la presunción de que ella era una persona con valor. Y acertó. Una vez en el andén se abrió paso entre la muchedumbre y alcanzó las escaleras. Pensó que quizás ella no lo había seguido, pero ahí estaba. Había sido un auténtico acto de fe.

—¿Y ahora qué? —preguntó ella.

—Corre escaleras arriba; si es que puedes con ese vestido.

—No te preocupes por eso. —Sus mejillas estaban sonrojadas, pero sus ojos reflejaban diversión, probablemente a costa de él.

Raj se dio la vuelta y encabezó la marcha. Salieron en el lado sur de Grand Central. Una larga hilera de taxis amarillos esperaba frente al hotel situado junto a la salida del metro. Un minuto más tarde, jadeando pero victoriosos, se hallaban en el asiento trasero de uno de los taxis, que subía a toda velocidad por Park Avenue.

—Cruce por el parque —indicó Raj, y ni siquiera se inmutó cuando el conductor paquistaní le lanzó una mirada que decía «no hay otro camino».

—Procura no sentarte sobre los encajes. Hay un montón —advirtió ella.

—La grúa se llevará tu coche. ¿Lo sabes, no? —dijo Raj.

Ella se encogió de hombros.

—¿Y qué harán con tus maletas? Me llamo Molly, creo que no te lo había dicho, y me siento ridícula. Las damas de honor no llevan dinero. Tuve que pedir que me pagaran el billete del metro.

—Yo me llamo Rajá, pero todos me llaman Raj.

—Ya me pareció que tenías aspecto exótico. Por cierto, es un cumplido. ¿De dónde eres?

—De la India, pero vine aquí de pequeño.

—Conocí a una chica india en la escuela. Sólo a una. Tú eres el segundo.

—Pues somos muchos.

Molly miró por encima del hombro del conductor, de nuevo con una expresión de preocupación en el rostro. La boda ocupaba su mente más que Raj, por muy exótico que fuera. Un instinto masculino irracional hizo creer a Raj que podía agilizar el tráfico. Maldijo a todos los transportistas aparcados en doble fila, y cada vez que el conductor daba un frenazo por culpa de otro taxista más astuto, se le agarrotaban los músculos del cuello. Molly se dejó caer sobre el desgastado asiento de piel negra con un montón de tela de encaje apelotonado sobre la falda. Se había resignado: que pasara lo que hubiera de pasar.

—Acabo de recordar algo ridículamente obvio. Las bodas no tienen intermedio, o sea que es lo mismo llegar cinco minutos tarde que una hora. —Entonces pareció reparar en la existencia de Raj—. Tendré que pensar cómo compensarte por esto. Has hecho mucho por mí.

—Puedes invitarme a una copa —respondió él—. Podría venir con mi prometida.

—Ah, justa advertencia —dijo Molly—. ¿Cuándo os prometisteis?

—Todavía no lo estamos, pero casi. La palabra «prometida» la hace sentirse más segura.

Los taxis, como las salas de espera de los dentistas y las peluquerías, inducen a una intimidad un tanto temeraria con los extraños. Pronto conectaron y hablaron de los problemas de la vida, del viaje que ella había hecho a París ese verano y del cuchitril en el que él vivía junto al Harlem latino y en el que ninguna mujer respetable debía entrar a riesgo de morir horrorizada.

—No te preguntaré si eres pariente de los Gandhi —dijo ella.

—Gracias. Yo no te preguntaré si alguno de tus familiares fabricó bombas para el IRA en Belfast.

Su apellido, Mahoney, le permitió a Raj deducir de dónde procedía su familia. Se habían mudado, casi de un modo accidental, del condado irlandés de Mayo a Kansas City. El taxi se hallaba todavía lejos de la iglesia, así que hablaron de cómo se parecían el infierno y la ciudad de Nueva York en agosto, de la devota abuela de ella, que asistía a misa todos los días, y de la devota abuela de él, que había defendido su casa con una vieja pistola militar durante los disturbios entre hindúes y musulmanes de 1947.

—En cuanto a mi amiga india del colegio —explicó Molly—, bueno, yo era una cateta. Cuando nos conocimos, creí que era puertorriqueña. Supongo que mi falta de cultura resulta ofensiva.

—No te hará ganar ningún premio de la paz —repuso Raj con indulgencia.

Raj observaba con fascinación los pequeños gestos de Molly: el movimiento de su mano para echarse hacia atrás el caprichoso cabello cuando le tapaba la oreja derecha, pero, por alguna razón, no la izquierda; el incansable tamborileo de sus dedos, acostumbrados a sostener un bolso o una mochila; el destello de una sonrisa que ahogaba de inmediato como si, de un modo imprudente, le hubiera ofrecido algo demasiado personal a un extraño.

—¿Así que éste es tu primer año como médico de verdad? —preguntó Molly.

—Exacto. Este año soy interno y, después, seré residente. —Molly se tocó el cabello y Raj tuvo de nuevo la sensación de que sentía su suavidad sobre la piel—. De todos modos, mientras estudiamos tenemos que actuar como médicos auténticos durante las rondas —prosiguió.

—Lo cual significa que engañáis a los pacientes —observó ella frunciendo el ceño.

—Podrías considerarlo de este modo, pero también les inspira confianza mientras les coses el tajo que se han hecho con un cuchillo de cocina o les explicas por qué es tan importante que se tomen la medicina para la angina de pecho. —Raj no quería decepcionarla—. Los tranquiliza.

—De todos modos, los engañas —repuso ella.

—De acuerdo. Ahora me estoy preparando para ser psiquiatra —continuó él—. Aunque quizá creas que tampoco somos médicos verdaderos.

Desde luego, eso era lo que pensaban sus padres.

—¿Psiquiatría? —había gruñido papá ji—. Seguro que no encuentras otra manera de que un médico cure a menos personas y obtenga menos dinero.

Su madre lloró hasta que el rímel dibujó unos semicírculos oscuros bajo sus ojos y salió corriendo para limpiárselos.

Raj y Molly apenas se dieron cuenta de que el taxi se había detenido frente a la iglesia.

—Bien, creo que ésta es mi parada —anunció Molly sin convicción. Miró por la ventanilla por si veía a algún otro asistente a la boda. Sin embargo, los escalones de la catedral estaban vacíos, salvo por unos indigentes cubiertos con mantas sucias que se hacían con los mejores lugares antes de la caída de la noche.

—Será mejor que te des prisa —la apremió Raj mientras buscaba en el bolsillo un fajo de billetes arrugados. Molly todavía no había salido, así que Raj rodeó el taxi y le abrió la puerta. Tuvo cuidado de no rozarle el vestido rosa con su brazo sudoroso—. ¿Por qué no sales? —le preguntó.

Molly golpeó su reloj con el dedo. Habían tardado cuarenta minutos en llegar. A continuación señaló los escalones vacíos.

—Comprendo. Creí que de verdad te gustaba charlar conmigo y que no podías separarte de mí —dijo Raj.

Ese pretencioso comentario sorprendió a Molly y la hizo reír.

—No eres tan afortunado, Rajá —replicó, y se inclinó y le dio un beso, muy cerca de la boca y muy largo para que él no pudiera olvidarlo. Después bajó del taxi—. Aunque, al menos, has tenido algo de suerte.

Dio un paso atrás, se quitó los zapatos y corrió en dirección a la iglesia. Antes de desaparecer en la oscuridad del templo, Raj la observó mientras subía los amplios escalones de dos en dos. «Cree que va a conseguirlo como sea», pensó. Molly le había dicho que era aspirante a actriz y que ya había actuado en un par de producciones. «Ahora puede efectuar su entrada», pensó Raj, e imaginó que lo haría muy bien.

Maya no se enfadó porque Raj la telefoneara una hora tarde.

—Claro que las novias no visten de rosa —afirmó mientras se reía de la historia de Raj—. ¿Era guapa?

—Creo que la palabra sería «llamativa», más que «guapa» —mintió Raj.

—Tienes una vena galante —observó Maya, y acordaron cenar juntos hacia el final de la semana.

Los internos estaban de guardia treinta y seis horas y descansaban doce, un trabajo pesado que requería toda la concentración de Raj. Sólo pensaba en la pelirroja del metro a última hora de la noche, cuando estaba echado en el plegatín de la sala de los internos. Eran pensamientos dispersos pero persistentes que le ofrecían algo que hacer mientras intentaba conciliar el sueño, además de contemplar las manchas amarillas del techo, ver lóbulos del córtex cerebral... o preguntarse adónde iba realmente.

Sus padres procedían de una cultura que enseñaba que rendirse era el objetivo vital más sublime, e incluso Raj, un hijo adoptivo de Norteamérica, había asimilado en cierta medida aquella lección, aunque no estaba completamente de acuerdo con ella. Las primeras enseñanzas de su educación cruzaban por su mente. La rendición significaba desapego. Implicaba dejar quiénes somos en el más absoluto misterio. En términos sencillos, equivalía a poner el alma en primer lugar y el mundo material en el segundo. Papá ji era un hombre de posición humilde, pero en más de una ocasión había llamado a Raj a un lado y le había explicado sus creencias: «El hombre que se rinde está siempre despierto, siempre alerta. Buscamos el desapego no para que nada nos afecte, sino porque de ese modo tenemos espacio suficiente para descubrir lo que es real.»

¿Acaso Jesucristo no nos enseñó, en esta tierra nueva y extraña, a estar en el mundo pero no a pertenecerle?

Raj hacía lo contrario sin ni siquiera pensarlo. Se aferraba al mundo con ambas manos y su mayor temor era no pertenecerle bastante. Conocía al menos a una docena de indios que actuaban como él. Si la rendición era un recipiente vacío que debía llenar la gracia, Raj pasaba muchos días sintiéndose lo suficientemente vacío, pero lo que iba a llenarlo seguía siendo un enigma.

De momento se volcaba en su trabajo de curar traumatismos en la sala de urgencias, y más adelante estaría la psiquiatría. Para empezar con buen pie, Raj hablaba a menudo con el residente jefe de la planta de psiquiatría. Los estudiantes de medicina lo llamaban Barón Bruno. Era corpulento y llevaba barba, y a todos les recordaba a un luchador profesional. Su verdadero nombre era sorprendentemente suave. Se llamaba Clarence. Sus movimientos eran torpes, pero era quien todos querían tener al lado cuando alguien enloquecía en la sala de espera debido al *crack*. Fue él quien permitió que Raj visitara a los pacientes con trastornos mentales que traía la policía. Todas las visitas empezaban de modo rutinario con un examen físico, pero terminaban con una breve valoración psicológica.

—Redáctelas de forma concisa pero perspicaz —le aconsejó Clarence—. Usted es la primera persona que el enfermo ve cuando toca de pies al suelo y esta primera opinión es de la que todos se van a fiar a partir de ese momento.

—¿Confía en mis juicios? —preguntó Raj, nervioso. Desde que dejó la facultad, sólo había realizado una ronda en el departamento de psiquiatría del hospital.

—No, confío en el Vademécum —afirmó Clarence—. Haga su trabajo del modo más simple posible. Consulte la lista de tranquilizantes y antidepresivos del manual. Menos para los chalados, los violentos y los que tengan alucinaciones, esos medicamentos serán los que utilizará en el noventa por ciento de los casos. Averigüe la dosis media y prescriba la mitad.

—¿La mitad? —se extrañó Raj.

—Es más seguro. Esas personas ya tienen la maquinaria dañada. Procuremos no convertirla en un caos total.

—De acuerdo —dijo Raj.

Ambos sabían que el residente jefe estaba obligado por las normas a comprobar todas las recetas que Raj prescribiera, de modo que se sentía protegido. Los retos podían acabar con uno.

—¿Qué hacemos realmente por esas personas? —le preguntó Raj en una ocasión frente a las máquinas de café, donuts y patatas fritas.

Habían llevado a una adolescente suicida a la sala de psiquiatría, procedimiento rutinario después de una sobredosis, pero los padres de la chica habían gritado y casi escupido a Raj cuando se enteraron de que tenía que permanecer ingresada y atada veinticuatro horas.

—Mientras no sepa la respuesta a esa pregunta, sobrevivirá como psiquiatra —respondió Clarence tirando de la palanca para sacar unas galletas rancias.

—¿Me está diciendo que la ignorancia será mi motivación? —preguntó Raj.

—Le digo que todos los tipos raros son personas, y que todas las personas son tipos raros. Se trata de una ecuación cósmica que tardará toda la vida en resolver.

Dos semanas más tarde los padres de Raj lo telefonearon y lo encontraron, por fin, en el apartamento. Le dijeron que había llegado el momento de que eligiera un sacerdote para su boda con Maya. Además de la ceremonia, que incluiría un fuego sagrado, arroz, *ghî*, un caballo blanco para el novio y una litera para la novia, estaban las cartas. ¿Quién realizaría sus cartas astrales?

—Nada de caballo blanco —advirtió Raj—. No estamos en Delhi. Además te costaría mucho dinero y yo me sentiría ridículo.

—Estaba bromeando —repuso papá ji—. Sencillamente, no queremos que esperes más.

—Maya sonríe demasiado cuando la veo —observó amma—. Estoy segura de que se siente desgraciada en secreto.

Raj no tenía ninguna buena excusa para no haberse ocupado de los detalles de la boda o, simplemente, no haber dejado que Maya, que era capaz de hacerlo y lo estaba deseando, se encargara de ellos.

Su padre se impacientó.

—Has perdido la cabeza. Es una buena chica.

Papá ji regentaba una pequeña tienda de comestibles en

Queens casi desde que llegaron a Estados Unidos. No sentía la necesidad de mirar más allá de las impecables pirámides de fruta y verdura, los bocadillos, los cigarrillos, los ramos de margaritas y los embutidos. Otros padres del vecindario seguían con verdadero interés la liga nacional de fútbol o la alineación de los lanzadores de los Yankees, pero Raj pronto supo que su padre era diferente. Sus deidades personales eran los dioses del orden y de los precios justos y vigilar a los chavales cuando rondaban por la zona de las revistas. Dioses modestos, como él mismo.

—Yo la quiero y ella me quiere, así que dejad de presionarme —repuso Raj a papá ji.

Raj sólo escuchaba a su padre a medias, pues estaba ojeando el *New York Times* del domingo antes de echarlo a la papelera. Su mirada se fijó en un nombre, Mary Mahoney, y su corazón se detuvo un instante. Era el anuncio de una obra de éxito, una página entera encabezada por grandilocuentes alabanzas de la crítica. Raj la leyó con atención. *Ah, Wilderness*. Se le puso la piel de gallina.

—Espera, papá, ¿Molly no es el diminutivo de Mary? —preguntó.

—No conocemos a ninguna chica que se llame Molly.

Maya llamó una hora más tarde a fin de quedar para la cena. Tenía una clase a última hora, pero podía reunirse con él en la calle Cincuenta y seis, en uno de los restaurantes indios. Raj le preguntó si después le gustaría ver una obra de teatro.

—¿*Cats*?

—No, teatro teatro, una obra de Eugene O'Neill —dijo Raj. Tenía el anuncio delante y vio el nombre de un actor joven y famoso de Hollywood destacado sobre el título de la obra. Molly, si de verdad era ella, compartía la segunda línea con otros dos actores. Era impresionante, más de lo que una actriz podía esperar después de tan sólo dos representaciones.

Maya llegó diez minutos tarde al restaurante Bombay, que estaba cerca de la Séptima avenida. Raj la esperaba en la barra tomando una cerveza, y pensó que de todas las mujeres solteras que habían traspasado la puerta, la mayoría con la penosa misión de asistir a una cita a ciegas concertada por sus padres indios, Maya era la más guapa. Llevaba los labios pintados con un suave tono plateado y, en lugar de sari, un elegante traje de dos piezas. Procedía de la región del Punjab, tenía unos ojos grandes y risueños y una piel pálida y hermosa en la que Raj no solía fijarse. En los tiempos del ocaso del imperio, la familia de él vivía en el sur de la India. Papá ji no había sido muy explícito acerca de los desplazamientos de la familia, quizá porque se trataba de una historia que era mejor no contar. En cualquier caso, su piel, que era más oscura, hizo de él un niño susceptible cuando se trasladaron al norte del país.

En el colegio, papá ji se encogía cuando algunos chicos del último curso recitaban: «Ni blanco ni negro: caqui», burla que reservaban para uno de los angloindios que esperaba ser seleccionado para el equipo de fútbol. Raj no pensaba en el color de la piel de ese modo, aunque seguía habiendo en él una huella del viejo estigma.

—Las rampas de salida estaban imposibles —se disculpó Maya. Le faltaba el aliento, pues había corrido tres manzanas desde el aparcamiento subterráneo cercano a la Décima avenida.

—¿Cómo ha ido el caso? —preguntó Raj mientras indicaba al jefe de camareros que ya querían la mesa.

—Muy triste. Tres niños menores de cinco años. La madre no es mala persona, pero van a arrebatarle a los hijos. —Se sentaron junto a la ventana y Maya dejó la cartera bajo la mesa. Estudiaba para obtener un máster de asistenta social de la Universidad de Columbia y trabajaba a tiempo parcial como defensora de menores. Dos veces a la semana asistía a audiencias judiciales sobre niños abandonados.

—¿Has testificado a favor de la madre? —preguntó Raj. Les trajeron unas cartas grandes de plástico rojo para que eligieran los platos. Raj no la necesitaba—. *Rgan josh* —pidió. Maya se decidió por el pescado *vindaloo*.

—No he ido para dar mi opinión, sólo para confirmar la situación de la familia. Están mal. La madre no puede pagar una guardería y el padre está en prisión. No fue culpa de ella que los niños salieran del patio y se fueran tan lejos —explicó Maya.

—¿De quién fue la culpa sino de ella? —repuso Raj.

—Lo sé, lo sé —suspiró Maya. A menudo se involucraba demasiado en los casos en los que trabajaba. Raj sospechaba que incluso ayudaba a esas personas en su tiempo libre. Tenía un gran corazón. Cuando trajeron la comida, Maya se puso a comer con los dedos. Rompía trozos de pan *chapati* y los utilizaba como cuchara para comer el arroz y el pescado al curry. Raj utilizó de forma automática un tenedor. A diferencia de Raj, Maya había nacido en Estados Unidos. Su familia se había trasladado allí para que su padre gozara de mejores perspectivas en su trabajo de ingeniero.

Maya se había sorprendido mucho cuando en una ocasión Raj le dijo que desde que era niño no había vuelto a la India.

—¿Cómo es posible? —le preguntó ella como si acabara de oír que no había ido al hospital a visitar a un pariente moribundo. Desde que tenía doce años, ella iba todos los veranos a Nueva Delhi o a Bombay.

»Aunque nunca formé parte de las asociaciones de sudasiáticos del colegio —dijo—, es deprimente estar lamentándose continuamente acerca de quiénes somos. No me importan los tamiles de Sri Lanka ni la corrupción de los políticos o de quien sea.

Raj la admiró por su forma de pensar. Como él, no estaba obsesionada con la idea de pertenecer o no pertenecer.

—¿Cuando vuelves a la India te tienta el aspecto espiritual? —le preguntó.

—¿Tentarme? Es posible —respondió ella—, pero no sabría qué buscar. ¿Santones desnudos pidiendo en las calles? ¿Gurús consultados por grandes compañías antes de una adquisición importante? En mi familia, el propósito de la vida es alimentar las quejas y conseguir tanto dinero como sea posible. Nada podría hacernos más indios que esto.

—Pero tú eres distinta.

—Desde luego. Es lo que me digo a mí misma. Igual que tú.

Raj se rió y se sintió a gusto. A diferencia de las otras citas que sus padres le habían concertado, Maya no era tímida ni estaba desesperada. Desde su primer encuentro había sido sincera y no había tratado a Raj como si fueran dos extraños compartiendo una velada que pronto iban a olvidar. Otras mujeres simplemente se habían esforzado para no parecer tan raras, necesitadas o sinceras que al día siguiente parecieran ridículas. Nunca llegó a saber cómo eran en realidad.

Maya miró por la ventana a la gente que pasaba.

—No pertenecemos a un lugar por el hecho de estar allí, sino por ser quienes somos.

—Y ¿quién eres tú? —preguntó Raj.

—Parte de esto —dijo Maya señalando a la multitud de fuera—. Y parte de algo más.

La obra debía de ser un auténtico éxito. Se abrieron paso a través de una compacta muchedumbre que descendía de taxis y limusinas. Damas envueltas en pieles caminaban mirando al suelo para no introducir sus afilados tacones en las rejillas de la acera y sus esposos las empujaban con impaciencia. Raj vio el nombre de Molly en el letrero de la calle y confió en que Maya no notara su excitación. Unos instantes más tarde se sentaron y se levantó el telón.

Y allí estaba. Molly no representaba un personaje sin importancia que servía el café ni hacía de extra en una merienda campestre del segundo acto. Era la protagonista femenina, una chica atractiva y cómicamente enfadada que estaba enamorada del también encantador protagonista masculino. Raj se sentía hipnotizado y sorprendentemente angustiado. Era como si Molly caminara sobre una cuerda floja y él tuviera que contener el aliento para que no se cayera. Sin embargo, Molly no se hallaba en peligro. Dominaba cada gesto. Aquella coqueta mirada de soslayo no era su auténtica mirada, sino un efecto calculado a la perfección, igual que el melodioso temblor de su voz, señal de inocencia virginal, y la suave agitación de su pecho, que despertaba pensamientos eróticos sin rendirse a ellos.

—Es tan buena... ¿Cómo se aprende a actuar así? —susurró Maya inclinándose hacia Raj.

Él no lo sabía. Era consciente del etéreo personaje del escenario, pero Molly, para él, era algo más: el cuerpo que había sentido a su lado en el taxi, el suave aliento que había percibido cuando ella se le acercaba impelida por el movimiento del coche al tomar las curvas. Aquellos recuerdos hicieron que se sonrojara. Sintió una punzada cuando los jóvenes amantes se besaron.

En el intermedio Raj no quería levantarse del asiento, pero Maya estaba fascinada por Guy, el ídolo de Hollywood.

—Está buenísimo. Y hacen una gran pareja. Ella podría actuar en el *Masterpiece Theater* —dijo Maya con entusiasmo.

Raj apenas oyó lo que Maya decía. Algo le estaba sucediendo.

—Lo siento —prosiguió Maya—. Parezco una cateta...

—En absoluto —respondió Raj saltando del asiento—. ¿Quieres tomar algo?

El calor y la aglomeración de gente en el estrecho pasillo lo hicieron sentirse mareado. Una vez en el bar, pidió enseguida un whisky. Echó una mirada a Maya.

—¿Y un vino con soda? —añadió.

—Sólo si es para ti, cariño. Yo estoy bien —dijo Maya, y cuando retiró la vista, Raj no le prestó más atención. La persona que dominaba sus pensamientos era Molly, resplandeciente bajo los focos de luz blanca y azul que simulaban el reflejo de la luna. Tenía que verla otra vez. La urgencia de este deseo había surgido de repente y era irresistible.

—¿Me aguantas esto? —preguntó a Maya mientras le tendía la bebida.

—¿Por qué?

—Creo que he oído mi busca. Hay muchos por aquí y casi no me he enterado de la llamada. Saldré fuera.

Maya se sintió decepcionada y temió que tuviera que irse al hospital. Raj le prometió que no se iría a menos de que se tratara de una verdadera urgencia.

—Volveré dentro de dos minutos. Tú entra, y si llego tarde te esperaré en la salida de Broadway.

Maya dudó. Ya había sonado el último aviso y en el vestíbulo sólo quedaban unos pocos rezagados, pero Raj quería que entrara, así que le dio un beso, esbozó una triste sonrisa y entró.

Raj salió a la calle presa de un gran nerviosismo y vio a un florista que montaba su puesto bajo la marquesina de la salida de Broadway. Sacaba ramos de rosas envueltos en celofán de una camioneta. Raj le tendió un billete de veinte dólares.

—Me llevaré seis —dijo.

El florista miró el billete sin detener su actividad.

—Eso le da para cuatro, amigo —replicó.

Raj se las llevó y regresó adentro corriendo. Pasó por delante de los acomodadores y se dejó guiar por el instinto. Una de las puertas laterales parecía prometedora. Confiaba en que no daría a un armario y así fue: al otro lado había un corredor iluminado con bombillas sin pantalla. Raj lo recorrió a toda prisa conteniendo el aliento; esperaba que nadie lo viera.

Ya no se sentía mareado ni aturdido. Su acto repentino le parecía totalmente apropiado. En el pasillo sólo se oían risas amortiguadas procedentes del teatro y los pasos de Raj sobre el suelo desnudo de cemento. Abrió otra puerta y, de repente, se encontró frente a un fornido hombre negro que vestía una chaqueta roja. Sostenía un teléfono móvil junto a su oreja.

—No me han dicho nada sobre una ración doble de queso, pero sí, bien aliñado —dijo.

Cuando vio a Raj, tapó el auricular con una mano.

—Por aquí se va a los camerinos, amigo. Si quiere encontrar su asiento tendrá que volver por donde ha venido —le advirtió.

—Soy médico. Tengo un pase —repuso Raj. Buscó la tarjeta que lo identificaba como médico de urgencias, la que dan a los internos cuando efectúan rondas en ambulancia.

El guarda asintió de forma inexpresiva y siguió hablando por teléfono.

—No, no es para ir a recoger; tienen que traerlo.

Raj sacó la tarjeta y la enseñó. Su instinto le dictó que siguiera caminando para no darle tiempo al guarda de preguntarse por qué un médico llevaba un ramo de rosas. Tardó unos minutos en encontrar la puerta correcta y, cuando llamó, nadie contestó. Giró el pomo y comprobó que estaba abierta.

¿Por qué estaba allí? ¿Se trataba de una conspiración kármica, de una fuerza desconocida o simplemente de un ataque pasional? El amor se considera siempre un misterio, pero no así la pasión repentina y superficial, el arrebato que termina en arrepentimiento con más frecuencia que en una relación duradera. Pero ¿hay algo más misterioso que la llama repentina del deseo, sobre todo si ese deseo es tan secreto que no se reconoce su imagen en el espejo? El enamoramiento es el renacimiento de la esperanza.

A lo lejos se oyó otro estallido de risas y aplausos. Raj tuvo el presentimiento de que, a pesar de todo, iba a romperle el corazón a alguien.

2

El amor es tan sabio que nos hace saltar de un acantilado cuando ése es el único modo de ser libres. Mientras entraba en el camerino de Molly, su mente se llenó de pretextos para explicarle lo que estaba haciendo.

«Tenía que verte porque no he podido pensar en nada más desde que...» No podía decirle esto, no era verdad.

«Sé que no debería estar aquí, pero sólo necesito que me concedas cinco minutos.» ¿Qué era él, un vendedor ambulante?

«Si sientes por mí lo que yo siento por ti, sabrás por qué estoy aquí.» Eso estaba mejor.

Pero el camerino estaba vacío. Era lo último que se esperaba y estuvo a punto de llamar a Molly en voz alta, pero desistió y echó una ojeada a su alrededor. La habitación no era mucho más grande que una celda, con suelo de cemento y una taquilla metálica en una de las paredes. Molly se había rodeado de pequeños recuerdos: fotografías familiares, un póster de una obra de teatro experimental, unas zapatillas de baile de satén que colgaban de una pared. Raj se acercó y contempló las fotografías en busca de un marido o amantes potenciales: de repente cayó en la cuenta de que ni siquiera sabía si Molly estaba casada. De todos modos, Molly no tendría fotografías de boda en aquel lugar estrecho y alejado de su casa.

Raj se sentó frente al espejo de maquillaje que se inclinaba sobre la desvencijada mesa. Vio el reflejo de alguien pálido y desesperado. Hay ocasiones en que resulta muy injusto que nuestro interior, con todos sus ideales y anhelos, no se perciba. Raj se volvió para no verse. Tardó medio segundo en advertir que Molly lo miraba desde la puerta abierta.

—¿Cómo has entrado aquí? —preguntó Molly con rostro inexpresivo.

—Tenía que venir porque…

—Espera. ¿Algo va mal? Sólo dispongo de un minuto antes de volver a escena.

Raj se puso en pie de un salto.

—No, en absoluto. Te parecerá extraño, pero estaba entre el público.

—Muy bien. —Molly continuaba a la defensiva mientras reprimía la primera sensación de alarma.

—Bueno, en realidad planeé estar entre el público para verte de nuevo. Ni siquiera intercambiamos los números de teléfono —se explicó Raj con voz aguda y precipitada. Se esforzó en tranquilizarse. No avanzó hacia ella por temor a asustarla.

Molly dejó que la pausa durara unos segundos, los suficientes para que Raj comprendiera que sus peores temores eran falsos.

—Está bien. Sólo estoy sorprendida. Es increíble que me hayas encontrado —manifestó Molly. Entró en el camerino y sonrió.

Raj no había expresado, ni de cerca, sus verdaderos sentimientos, y aun así se sintió inseguro pero aliviado de que ella no lo hubiera considerado un intruso. Cuando Molly se acercó, se decidió y abrió los brazos. Ella lo abrazó sin titubear. Después se retiró y Raj comprobó, por el ligero aturdimiento de su mirada, que todavía estaba emocionada por los vítores y los aplausos que acababa de recibir.

—Detesto ir con prisas —dijo casi sin respiración—; sólo he venido un momento para arreglarme. —Se sentó frente al tocador y se dio unos toques de maquillaje.

»Te quedarás hasta el final, ¿no?

—¿Aquí? —preguntó Raj, preocupado ante la idea de que ella esperara que se marchara del camerino.

—Te perderás el resto de la obra, pero sí, si quieres. ¿Has venido con Maya? Como ves tengo buena memoria.

Con un repentino sentimiento de culpabilidad, Raj recordó que le había revelado a Molly el nombre de Maya.

Todavía con prisas, Molly se levantó y se dirigió a la puerta recogiéndose el vestido para que no rozara el sucio suelo.

—No —contestó Raj—, estoy solo.

Algo hizo que Molly se detuviera. Se volvió y, por primera vez, vio realmente a Raj.

—¿Por qué estás aquí en realidad? No estoy inquieta, sólo sorprendida.

—Creo que me he enamorado —dijo Raj.

—¿De mí?

Raj no pudo responder y Molly se tapó la boca para contener sus palabras un segundo tarde.

—¿Cómo lo sabes? —le preguntó.

—¿Saberlo? No he tenido que echarme en el diván para averiguarlo. Simplemente, aquí estoy.

Sin saber qué hacer, Raj le alargó las rosas. Molly las miró como si hubieran llegado de otro mundo.

—¿No es todo esto una locura? Creí que eras psiquiatra —dijo ella.

Raj soltó una carcajada nerviosa.

—Yo creí que estabas loca la primera vez que te vi: una novia abandonada en el altar que no se resigna a su suerte y, obsesionada, vaga por la ciudad en un día de bodas que no termina jamás.

—O que nunca empieza. Qué novelesco por tu parte —dijo Molly sin esconder ciertos signos de desagrado.

Raj le tendió de nuevo las flores.

—Por favor, acéptalas. Por favor.

Molly tomó las flores y las puso sobre la mesa.

—Me siento abrumada —afirmó—. Para ser sincera, abrumada y un poco asustada. Pero en este momento no hay tiempo para ninguna de las dos cosas. Tengo que irme.

Para corroborar sus palabras, se oyeron una nueva serie de ruidos procedentes del escenario que la pusieron en acción y desapareció antes de que Raj pudiera reaccionar.

Se quedó allí, inmóvil. Su alocado gesto romántico había tenido éxito, pero, al mismo tiempo, los resultados eran del todo insatisfactorios. ¿Qué sentía ella por él? ¿Qué podía sentir? Probablemente, Raj había tenido suerte de que el encuentro hubiera sido visto y no visto, porque había estado en un tris de soltar algo sobre fuerzas superiores a ellos. En su cultura los enamorados afirmaban con frecuencia que estaban juntos debido al karma. Papá ji y amma habrían dicho algo parecido: formaba parte de la cultura de la India. Pero para Molly habría sido seguramente como decirle que en aquella cuestión no tenía elección.

El nerviosismo de Raj empezaba a disminuir y se preguntó si, en este caso, el enamoramiento no se debería a muchas otras cosas aparte del destino: a la soledad, a la belleza de aquella mujer, a su propia devoción monacal por el trabajo, a las hormonas. La lista calmó su excitación. Había muchos ingredientes en la vida real que debía tener en cuenta antes de decantarse por los dioses del karma.

Cuando Raj echó una mirada furtiva al espejo, vio que el pálido y confuso desconocido continuaba allí. Tenía que recuperar el control. Aunque esto también constituía una trampa, porque si abría su mente a la razón, Maya reaparecía. ¿Qué le había hecho? Como mínimo, había traicionado a una persona estupenda que lo amaba sin condiciones.

La voz de un desconocido rompió el hechizo.

—¿Interrumpo algo? La puerta estaba abierta. —Un hombre alto y atractivo entró en la habitación—. No te había visto nunca antes. ¿Eres amigo de Molly? Yo sí. ¿Ya sabe que estás aquí o has sobornado a alguien?

El desconocido parecía dominar la situación y su actitud irritante hizo que Raj volviera a la realidad.

—Me ha pedido que la esperara aquí —respondió—, pero tú también puedes esperarla.

El desconocido sonrió obedeciendo a algún código de conducta que lo indujo a ser más amable.

—Me alegro de tener tu permiso —murmuró echando el abrigo sobre una silla pero sin sentarse.

Raj se preguntó cuántas personas en el entorno de Molly actuaban y hablaban de ese modo, y se dio cuenta de que realmente era un intruso en su mundo. El desconocido dedicó unos instantes a hojear un programa que había sobre la mesa, se sirvió agua de una jarra y esperó.

—¡Bradley!

Los dos hombres se sobresaltaron. Molly entró y abrazó al desconocido. Raj creía que su escena iba a durar media hora y no sólo unos minutos.

—¿Por qué no me has avisado de que ibas a hacer tu mejor actuación? —preguntó el desconocido con una expresión de orgullo en el rostro—. Miénteme y dime que no lo has hecho porque me has visto en la cuarta fila.

Raj empalideció.

—Es muy buena, ¿verdad? —dijo Bradley, lanzando su observación al aire, como si la dirigiera a quienquiera que tuviera la fortuna de oírla. Raj oyó un leve chasquido a sus espaldas. Se volvió y vio que la puerta del camerino se abría ligeramente. Un trocito de la cara pálida de Molly asomó por la abertura.

—Ven —susurró ella. La abertura se ensanchó y Raj se deslizó adentro.

Molly cerró la puerta y recorrió la habitación de un lado a otro mientras seguía quitándose el maquillaje.

—¿Qué está ocurriendo? —preguntó. Y rompió a llorar. Las lágrimas formaron surcos rosados en el colorete de sus mejillas.

—Quizás estés sintiendo algo —aventuró Raj—. Está bien: rebobina la cinta. Es hace diez minutos; tú estás contenta de volver a verme y yo emocionado de que fueras tú quien aparecía en el periódico después de haber estado a punto de perderte. Por favor, compréndelo: soy una persona normal. Al menos, lo era. No he planeado todo esto, ni era mi intención entrometerme cuando tu novio quería estar a solas contigo.

—Dios —dijo Molly—. No te creo.

Entonces, con la única irracionalidad que hace que valga la pena vivir, lo besó. No fue el beso más largo y profundo que Raj hubiera experimentado en su vida, pero las manos cálidas de Molly y el ligero temblor de su cuerpo cuando se acercó apresuradamente a él le conmovieron. Y lo que él buscaba, un indicio de que Molly le estaba destinada y quería estar con él, allí estaba.

—¡Bueno! —exclamó Molly dando un paso atrás. Lo dijo como quien ha dado la última pincelada a un cuadro o ha pagado el último plazo de una deuda—. Ambos somos demasiado impulsivos para nuestro propio bien, así que empezaremos por ahí. Espero no descubrir al final que eres un desastre… Y Bradley no es mi novio.

Raj advirtió que el beso la había calmado. Se oyó un golpe seco en la puerta, y cuando Bradley asomó la cabeza, Molly estaba alegre y con un perfecto dominio de sí misma otra vez. Después de haber esperado pacientemente, seis fans entraron. Dos de ellas, por lo visto, habían estudiado arte dramático con Molly tres años antes. Las alabanzas fluyeron con la facilidad del agua corriente. «Maravillosa, encantadora, divina.» Raj no estaba acostumbrado a estas palabras y sólo las había oído utilizar como moneda corriente en la televisión. Molly se mostró paciente y amable. Habló con cada una de las fans con interés y sólo de vez en cuando su mirada se posaba en Raj.

—¿Hace mucho que la conoces? —Raj preguntó a Bradley, quien había sacado de alguna parte una botella de vino empezada.

—Ocho años. Alcánzame un par de vasos de plástico de allí —indicó Bradley—. Mejor tres. Supongo que te quedas.

Raj encontró los vasos y se los tendió a Bradley.

—No sé si voy a quedarme —contestó Raj.

—Tienes que hacerlo —prosiguió Bradley—. ¿Estás enamorado, no? Pues los enamorados tienen que aguantar.

Quizás estaba poniendo a Raj en su sitio, pero había cierto tono de divertida compasión en su voz.

Raj miró el reloj y se alarmó.

—Ahora tengo que irme, pero intentaré volver. Si Molly puede esperarme, dile que estaré en la puerta de atrás.

Antes de que Bradley pudiera reaccionar, Raj salió a toda prisa del camerino mientras Molly estaba de espaldas. Corrió por los oscuros pasillos y pasó por delante del guarda. Maya lo estaba esperando en el vestíbulo vacío.

—¿Me has estado buscando? —preguntó—. Creí que habíamos quedado en la puerta de Broadway. ¿Qué ocurre?

—Nada. Sólo un pequeño malentendido. Tengo que regresar al hospital, pero he conseguido que aplazaran mi turno para poder avisarte. ¿Qué hora es?

—Las diez y media —respondió Maya.

—No está mal. Les prometí que estaría de vuelta a las once. ¿No te importa regresar sola a casa? —Raj sabía que Maya no pondría ninguna objeción. Mientras ella lo besaba, Raj ya estaba calculando el camino más corto a la puerta trasera. En ningún momento sintió culpabilidad o remordimientos por mentirle. Incluso después de dejar a Maya en un taxi y mientras corría para encontrarse con Molly, no pensó que la estaba engañando. La pasión no es un animal racional.

Bradley y Molly lo esperaban en la entrada de artistas.

—Sé que es tarde, pero me muero por comer un sándwich. ¿Alguien más tiene hambre?

—Prefiero no mezclar el pastrami con un buen vino —declaró Bradley sosteniendo en alto el vaso de plástico que todavía conservaba.

Cuando Raj y Molly estuvieron solos, Molly dijo:

—Caminemos. Necesitas tomar el aire.

Envueltos por la pesada humedad veraniega que empezaba a condensarse en los escaparates de las tiendas y las cafeterías, se dirigieron a los establecimientos de la Octava avenida que ofrecían comida preparada durante toda la noche. Transcurrió un rato antes de que alguno de los dos dijera algo.

—En estos momentos me pareces casi perfecto —susurró Molly—. Si no averiguara nada más de ti, sería todo mucho más seguro. Al decir perfecto, me refiero a que eres el desconocido perfecto simplemente por el modo en que perdiste el control y quisiste llevarme contigo.

—Creo que no me va a gustar lo que viene ahora —dijo Raj.

Molly sonrió.

—No sé qué fantasía albergabas cuando apareciste, pero quizás ahora quieras abandonar. Puedes decírmelo.

—No, en absoluto —repuso Raj con firmeza.

—Ven aquí —dijo Molly. Alargó la mano y le rozó la mejilla—. Sólo alguien poco común haría lo que has hecho tú —prosiguió con delicadeza—. No me estoy cerrando en banda; comprendo que te debió de costar mucho... pero quizá debería preocuparme.

—No me proponía herir a nadie. No es ésta mi intención —manifestó Raj—. No sé explicar por qué me he enamorado de ti.

Molly rió turbada y complacida al mismo tiempo.

—Siento como si quisieras controlarme.

Raj no podía negarlo, pero rendirse a sus pies no le habría llevado más lejos de lo que había conseguido esa noche. Molly le leyó el pensamiento.

—Con el ímpetu que tienes ahora no duraríamos ni quince días. De todos modos, ¿adónde puede llevarnos esto? —preguntó.

—No he traído ningún mapa. Sencillamente, tendremos que averiguarlo sobre la marcha —respondió Raj.

Molly se colgó de su brazo.

—Los mapas no sirven de nada —suspiró—. Escucha, actúa, siente. Ésa es la manera de encontrar tu camino.

Las aceras todavía despedían el calor del día y en el aire húmedo flotaba el hedor de los callejones, pero Raj sentía ese cansancio feliz que proporciona la victoria.

Cuando llegaron al restaurante que servía buen pastrami, Raj estaba demasiado cansado para comer.

—¿Puedo sólo mirarte? —preguntó. La humilde simplicidad de su petición tomó a Molly por sorpresa.

—Sientes tanta devoción por mí... Aunque quizá descubra que consigues a docenas de chicas con este método.

—No, no te rías de mí.

—Está bien —dijo ella—, puedes sentarte y observarme mientras como los pepinillos, pero tienes que relajarte. Además, estoy un poco cansada y nerviosa. Necesito poner los pies en remojo y pensar. Podríamos intentarlo otra vez dentro de un par de días. —Raj asintió a regañadientes.

»No pongas esa cara de preocupación —manifestó Molly—, mi respuesta podría ser afirmativa.

Raj se encontró inmerso en una realidad nueva. Se sentía emocionado, agitado y temeroso. Continuó su relación con Maya. Cenaban juntos tan a menudo como sus horarios se lo permitían. Ella se quedaba a dormir en el apartamento de Raj cuando éste tenía un día libre, dos veces al mes. Pero su vida y la de Molly también se entrelazaron. Desde aquella primera noche, Molly no volvió a nombrar a Maya e informaba a Raj con antelación de las noches que no tenía función. La mayoría de las veces sus horarios no encajaban, de modo que intentaban verse sobre todo por las tardes.

—Me pregunto por qué estamos juntos —dijo ella un domingo mientras estaba echada en un banco de un parque—. ¿Qué me hizo seguirte aquel día en el metro? Iba a llegar tarde de todos modos a la boda.

—El impulso —sugirió Raj—. Eso dijiste tú misma.

—Ésa es la versión norteamericana —repuso Molly—, pero aquí pasa algo y ambos queremos saber de qué se trata. No quiero precipitarme al utilizar palabras como amor. Todavía no; no tan deprisa.

—Estoy de acuerdo —afirmó Raj—. Además, cuando alguien dice «te quiero», la otra persona suele responder lo mismo casi de forma automática. Algo se pierde.

—Lo sé —prosiguió Molly—. Debería significar algo.

—¿Entonces, qué palabra quieres utilizar? —preguntó Raj.

—La que se te ocurre en el preciso instante en que no tienes que decirla.

—Ah, un misterio —dijo Raj—. Me gusta. —Sonrió y se preguntó si en realidad le gustaba.

La primera vez que Molly estuvo en su apartamento, dio una ojeada a la nevera mientras Raj ponía algo de jazz en el salón-comedor.

—¿Qué es esto? —preguntó ella observando las estanterías superiores—. Parece un ejército en miniatura.

La nevera estaba llena de pequeños envases de plástico tapados con papel de aluminio y alineados en filas y columnas perfectas.

—Comida para una semana —respondió Raj—. Espaguetis marinera, ensalada de col y flan de plátano instantáneo.

Ella arrugó la nariz.

—Así que subsistes a base de col fría, pasta reblandecida y una masa con aroma artificial.

Raj se acercó a Molly por detrás y cerró la nevera.

—Soy organizado. No tengo más remedio en estos momentos, y el tiempo que me ahorro en cocinar o en salir a comer lo dedico a leer revistas médicas y descansar. —Le molestaba que ella no comprendiera que estaba sometido a mucha presión—. La primera semana que trabajé de interno me pusieron al mando del turno de noche en la sala de cardíacos del hospital de veteranos, un centro enorme en Queens, lo cual significa que había ochenta pacientes con el corazón delicado cuya vida o muerte dependía de mí. También tenía que poner al día sus expedientes y hacerme cargo de la sala de urgencias desde medianoche hasta las seis. Durante las primeras cuatro horas atendí dos ataques al corazón, una úlcera sangrante, una mujer con un *shock* diabético que podía entrar en coma en cualquier momento y un hombre que se había cortado afeitándose o había intentado suicidarse: no muchos hombres deciden afeitarse a las dos de la madrugada. Nadie murió durante mi turno, lo cual fue una especie de milagro. Y en lo único que podía pensar cuando me desplomé en el catre del oscuro vestidor convertido en sala de los internos, era que el día antes sólo era un estudiante. Te desquicia que te asignen tanta responsabilidad sin previo aviso. Y te quita todas las tonterías de golpe.

Molly parecía impresionada. Cuando, más tarde, Raj la acompañó a su casa, la besó con dulzura y le dijo:

—Esto es muy distinto de todo lo que he vivido hasta ahora. Me siento como si me estuviera observando a mí mismo. Como si fuera otra persona la que caminara y hablara. Es extraño.

Otra mujer podría haber interpretado sus palabras como un deseo de terminar la relación, pero Molly captó su significado de inmediato.

—Te entiendo perfectamente. Así es como vivo yo. Todas las noches salgo al escenario sintiéndome de esta forma. La veo a «ella» y sé que es buena. Está tan segura de sí misma que, a veces, desearía que se hiciera cargo de todo.

—Pero entonces estaría actuando —dijo Raj.

—No es esto lo que quiero decir. Cuando miras desde fuera y te ves a ti mismo, te das cuenta de que simplemente representas un papel. Muchas personas no consiguen hacerlo. Están tan inmersas en su personaje que creen que es real. Pero cuando puedes verte a ti mismo, es como una liberación, ¿verdad?

Molly nunca había hablado de este modo, aunque Raj la había oído referirse a ella misma, a la actriz como a «ella». Era «ella» quien despedía olor a lilas en la obra y se movía con ensayada elegancia. La verdadera Molly era distinta; había que pensar en ella como en algo independiente de lo que aparecía en escena.

Cuando llegaron a la puerta del apartamento de Molly, Raj sintió el impulso de hablarle de uno de sus episodios familiares más extraños. Papá ji tenía un hermano mayor que se llamaba Girish. Nadie hablaba de él y, cuando lo hacían, era en un tono sombrío, como lo harían de un difunto. Cuando Raj tenía quince años, papá ji tuvo que volver precipitadamente a la India porque su madre estaba gravemente enferma. La enfermedad podría haber sido fatal, pero se recuperó. Cuando papá ji volvió a casa, lo primero que hizo fue sacar una fotografía de Girish de la maleta y colocarla en la repisa de la chimenea, con las demás.

Amma se quedó muy sorprendida con aquella restitución de respetabilidad.

—El chico ya es mayor para saber la verdad —declaró papá ji. Los tres se sentaron sobre unos almohadones frente al altar familiar—. Habíamos apartado a mi hermano de nuestras vidas y no sabes la razón —le dijo a Raj—, pero ahora la sabrás.

Por lo visto, Girish era soldado y había resultado herido en una dura escaramuza en Cachemira. Pasó su convalecencia internado en un hospital al lado de un sargento musulmán del ejército indio, herido por fuego de mortero en la misma región. Se hicieron amigos, y cuando les dieron el alta se instalaron como vecinos en un barrio de Jabalpur, cerca del campamento militar.

—El sargento tenía una bella esposa —explicó papá ji—. Girish no se había fijado en ella, pues sólo les traía té de menta o kebab y desaparecía. Ésa era la costumbre, y no creo que mi hermano la viera sin el velo ni un par de veces. Un día recibí un telegrama en el que me informaban de que mi hermano se había fugado con ella. Así de simple. Al principio el marido se puso furioso, y después lloró tres meses seguidos. Durante mucho tiempo nadie supo nada de los fugitivos, hasta que mi hermano dio señales de vida en Poona, para cobrar un cheque. Incluso entonces no dio ninguna explicación, salvo que estaban juntos.

—¿Cuándo ocurrió eso? —preguntó Raj.

—Tuviste suerte, todavía no habías nacido —contestó papá ji.

El escándalo dividió a la familia. Los dos hermanos dejaron de hablarse y, prácticamente, Girish dejó de existir durante dos décadas. Hasta que su madre estuvo a las puertas de la muerte y Girish tuvo miedo de no volver a ver a papá ji.

—Una noche, mi hermano me sorprendió mientras esperaba en el pórtico de la casa de tu abuela. Intenté zafarme de él, pero me agarró con firmeza, con la fuerza de un soldado. Había sufrido en silencio durante mucho tiempo.

La historia que papá ji contó a continuación era singular. Empezaba cuando Yasmin, la esposa del sargento, se había presentado sin previo aviso en la casa de Girish. Aunque se ocultaba tras el velo, a él le incomodaba dejarla pasar, pero ella le suplicó y, al final, él se hizo a un lado sin entusiasmo. Haciendo caso omiso de las leyes islámicas, Yasmin se desnudó el hombro. «¿Ves esto?», le preguntó a Girish. A continuación le mostró el brazo derecho. En ambos tenía una pequeña llaga roja no más grande que una ampolla. «Me duelen tanto...», se lamentó Yasmin.

Girish estaba sudando. Le preguntó a la esposa de su vecino qué tenían que ver las llagas con él, y Yasmin le explicó que había tenido un sueño. «Soñé que tú las tocabas y desaparecían. Tengo llagas por todo el cuerpo, y sufro mucho», le dijo, rompiendo a llorar. Girish no pudo hacer otra cosa. Ella no quería marcharse, y aunque él pensó que estaba loca o endemoniada, le tocó el hombro y el brazo derecho.

—Qué extraño —dijo amma, aunque parecía entender algo que a Raj se le escapaba.

—Más que extraño —repuso papá ji—. Al día siguiente, Yasmin regresó, exultante. Todas las llagas de su cuerpo se habían curado de forma milagrosa. Se quitó la ropa delante de Girish y toda su piel estaba intacta y sana. Al día siguiente huyeron juntos, dejando al sargento presa de la rabia y las lágrimas.

Como la confesión de Girish hacía que la fuga resultara todavía más escandalosa, Raj no entendía por qué, de repente, había recuperado el aprecio de la familia. Pasaron unos años antes de que papá ji le contara el resto de la historia. «Mi hermano no es supersticioso, pero cuando vio a Yasmin desnuda, se enamoró. No de la mujer, sino de su alma. Estaba convencido de que dos almas pueden reunirse por un milagro, así que no tuvo más remedio que aceptar su destino y fugarse con ella.»

Puesto que la familia de Raj creía en esta clase de milagros, su tío volvió a estar entre los vivos.

—¿Por qué has recordado esta historia ahora? —preguntó Molly.

—Porque Girish sólo empezó a amar a Yasmin cuando se vio fuera de sí mismo. Debió de sentir aquello de lo que hablábamos antes, cuando te das cuenta de que no eres el papel que representas. Girish estaba más allá de sí mismo, como Yasmin lo había soñado.

Molly opinó que era una historia extraña y hermosa.

—Todos tendríamos que soñar con los demás de esta forma. Los amores deberían empezar con un contacto que no tienes más remedio que tener.

Como eso es lo que Raj sentía respecto a Molly, consideró que fue a partir de aquel momento cuando empezaron a unirse.

La historia de su tío volvió a surgir unos días más tarde.

—Creo que tu padre omitió algo —señaló Molly—. ¿Girish no deseó acostarse con Yasmin cuando ella le enseñó su cuerpo?

—Me imagino que no podría quitarle las manos de encima —rió Raj—. Ésta sería la versión norteamericana.

Al cabo de poco tiempo Raj vio a Molly desnuda por primera vez. No fue la noche de la nevera, sino una semana más tarde. Él la condujo por el estrecho pasillo marrón oscuro que no se había molestado en repintar. Las persianas de su dormitorio estaban abombadas y apenas ocultaban el resplandor de un anuncio de cerveza de neón del bar de enfrente. Ambos estaban cansados pero alegres después de ver una película que les había encantado.

Él no le preguntó si estaba segura y ella no le dijo qué tenía que hacer para complacerla. Dejaron que las risas y la ternura los guiaran en los momentos embarazosos conscientes de la decisión de dar aquel paso. Sin hablar de ello, convinieron en que el sexo no implicaba ningún compromiso. Raj se sintió tremendamente aliviado de que Molly no se mostrara apasionada: se quitó la ropa muy despacio, junto a la cama, con el mismo cuidado que emplearía una estudiante que tuviera que conservar el uniforme impecable para la mañana siguiente. Dejó la falda sobre la única silla de la habitación y rió con suavidad.

—¿Qué ocurre? —preguntó él, que ya estaba desnudo y sentado en la cama y disfrutando de la lentitud de su ritual.

—Un hombre no debería observar a una mujer mientras se desprende de las medias. Es lo menos sexy que hay a excepción de quitarse unas botas de montaña.

—A este hombre no le importa.

Raj alargó el brazo para tomar la mano de ella. Molly lo aceptó y se acercó. Un músculo de su mejilla tembló cuando él la besó y Raj se dio cuenta de que la nerviosa observación que había hecho antes no era una forma de distanciarse de él o de recordarse a sí misma que deseaba aquella intimidad; simplemente, Molly no tenía mucha experiencia en estas situaciones y además se encontraba en un dormitorio que no era el suyo.

Raj se mostró atento y actuó sin prisas, y cuando llegó el momento de olvidarse de todo y abandonarse a un cálido abrazo, ambos lo hicieron. Raj se emocionó al sentir por fin que ella se entregaba físicamente a él, como había deseado desde el primer beso.

Sin embargo, cuando algo más tarde quiso acariciarla de nuevo, Molly se apartó y, con una voz que lo preocupó por su serenidad, le dijo que tenía que marcharse.

—¿Por qué? —preguntó él—. Los dos hemos llegado al orgasmo, ¿no?

—No sigas… —susurró ella. Parecía dolida. Era la primera cosa que él decía que la decepcionaba. Raj quiso disculparse, pero cuando Molly salió de la cama volvió a mostrarse alegre y cariñosa. Se inclinó para besarlo mientras se ponía la blusa. No obstante, le pidió que no la acompañara al metro, y cuando cerró la puerta de la casa, Raj sintió que el aire se volvía más sombrío. Pero la habitación no se quedó vacía. Molly todavía estaba allí, sin estarlo. Raj se preguntó si a ella le ocurriría lo mismo. ¿Estaría él con Molly cuando ella entrara en su apartamento vacío?

3

A la mañana siguiente de haberse marchado Molly sonó el teléfono. Raj todavía no se había levantado, eran las seis, pero estaba despierto, pensando. Descolgó el auricular y dijo con suavidad:

—¿Sabes que ha sido maravilloso?

—¿Raj? —Al otro extremo de la línea estaba Maya. Raj se quedó sin palabras y su corazón latió con tanta fuerza que lo sintió en los oídos.

Por fin, murmuró:

—¿He dicho algo raro? Estaba dormido.

Hubo una pausa. Cuando Maya volvió a hablar parecía afligida.

—Mis padres tuvieron que irse anoche a la India a toda prisa. Uno de mis abuelos ha tenido un accidente de coche y quizá no sobreviva.

Se trataba de Baba, el abuelo más cercano a Maya, el que le había regalado juguetes que todavía conservaba en un cajón especial.

—Voy enseguida —dijo Raj.

Maya abrió la puerta en bata. Estaba pálida e intentaba no llorar.

—Debería estar allí, pero no puedo. No con las clases y el trabajo. Ayer creí que no me afectaría que mis padres se fueran, pero ahora me siento muy sola —confesó.

Raj la condujo al sofá para consolarla.

—Quizá se ponga bien. No pienses en lo peor.

—No, algo va mal. No es sólo Baba, también eres tú —declaró Maya con indecisión.

Raj se quedó helado.

—¿Yo? ¿Qué quieres decir? —preguntó.

—¿No lo sabes? —repuso ella.

—No, la verdad es que no. Dímelo tú. —Raj repasó mentalmente los cientos de palabras que podía pronunciar para distraer la atención de Maya hacia otro asunto, pero se sentía incapaz de pensar con claridad.

—No parece que quieras estar conmigo y, cuando lo estás, es como si estuvieras en otro lugar. —Y después de decir lo que había temido admitir incluso ante sí misma, se puso a llorar.

—No seas ridícula —la cortó Raj. Pero sus palabras la hirieron todavía más.

—Esto no es ridículo —replicó Maya—. Es muy duro para mí: yo te quiero.

—Yo también te quiero. Pronto nos casaremos, y ésta es la típica duda que surge en estos casos —dijo Raj. El tono objetivo de su voz le infundió más confianza en sí mismo—. Es muy normal sentirse así. Se trata de la manera que tiene el subconsciente de enfrentarse al miedo a casarse.

—¿Eso crees? —preguntó Maya, secándose las lágrimas.

Raj la apretó contra su pecho.

—Sí, eso creo. La ansiedad y las dudas salen a la luz. Eso es todo.

Maya necesitó algo de tiempo, pero empezó a sentirse mejor. Se enjugó las lágrimas con un pañuelo. Tenía la cara hinchada y sin maquillar.

—Te traeré alguna cosa —le propuso.

—No, siéntate —contestó Raj—. Te prepararé una taza de té.

Le trajo el té, y después de beber media taza Maya le pidió que la abrazara. Había permanecido despierta toda la noche, así que pronto se durmió en sus brazos. Raj percibió cómo su pecho jadeante se apaciguaba poco a poco. Se sentía terriblemente culpable e impotente al mismo tiempo. No podía recriminarle nada a Maya salvo la felicidad que le ofrecía. Entonces ¿por qué la traicionaba? Si lo juzgaran no podría presentar una defensa coherente. No la engañaba por un afán de aventura o en busca de comprensión, y tampoco lo hacía por la emoción del secreto. No sentía rencor hacia Maya y ni tan sólo discutían. Además, decir que no la amaba sería mentir; él sabía que la quería.

Raj dirigió el mando a distancia hacia el televisor y lo puso en marcha sin voz. Quería distraerse viendo la CNN porque el sentimiento de culpabilidad le reconcomía. Sus destrozados nervios desvirtuaban las imágenes de la pantalla. Un autobús escolar se había salido de la carretera en Haití. Los antiabortistas se manifestaban delante de la Casa Blanca. En un país desventurado unos niños aterrorizados corrían por una calle esquivando bombas y disparos silenciosos.

—Tengo que irme —susurró Raj cuando notó que Maya se movía de nuevo. Dejó que Maya se quedara con la impresión de que se iba a trabajar, pero no era cierto. Dedicó el día a hacer recados y ni pasó por su apartamento. Después se fue al cine y no llamó ni a Maya ni a Molly.

Cuando regresó a su apartamento ya había anochecido. Se cambió de ropa con rapidez y tomó el autobús a la «casa de los corazones rotos», como Maya apodaba al centro psiquiátrico con gran acierto: Raj trabajaba en una casa de dolor. Su nombre oficial era Pabellón Jacob y Enid Seckler. El nombre inducía a pensar en casetas junto a una piscina y una cafetería italiana, pero no había nada de eso. Una sala de día alegre con ventanales y una moqueta con estampado rojo no hacían milagros. En cuanto Raj salió del ascensor en la sexta planta, una ola familiar de infelicidad le asaltó como el humo nocivo de una fábrica.

Un hombre bajo y calvo permanecía frente a la entrada, listo para abordar a quienquiera que apareciera.

—Estoy sufriendo; necesito más pastillas de ésas —se quejó.

Raj lo reconoció. Se trataba de un depresivo crónico que utilizaba los intentos de suicidio para volver al hospital con frecuencia. Había en él un componente de agresividad pasiva.

Una de las enfermeras se acercó corriendo.

—Aquí sufre todo el mundo, señor Morgenstern. Por favor, vuelva a la cola.

Las medicinas se repartían dos veces al día en la sección de las enfermeras. Raj vio la fila formada para el ritual de las siete en punto.

El señor Morgenstern se resistía.

—No me dan lo que mi médico dice. Le conté que tenía dolor y me contestó que podían darme más de eso.

—Vamos, muévase. Consultaré su expediente en cuanto me sea posible —dijo Raj y siguió su camino cuando Morgenstern permitió que lo condujeran a la fila.

—Llegas pronto —observó Mona—. La noche está bastante tranquila. ¿Quieres que te traiga algo?

—No, pero gracias —respondió Raj. Mona estaba sentada tras la enorme bandeja de los medicamentos. Era una chica católica, voluntariosa y de buen corazón, de unos veintitantos años. En realidad no le gustaba la compañía de los psicópatas y se sentía más útil distribuyendo los medicamentos. Sobre la bandeja había una serie de vasos blancos de papel con una pequeña cantidad de leche de magnesio y Seconal. Los pacientes siempre tenían la digestión pesada y la pastilla para dormir era tanto en beneficio suyo como del personal. La mayoría de los vasos contenía, también, los medicamentos psicotrópicos que debían aliviar una amplia variedad de desequilibrios mentales.

Los pacientes, que se arremolinaban sin propósito fijo alrededor de Mona, eran la mitad hombres y la mitad mujeres de todas las edades. Unos cuantos hacían cola con un amigo, pero la mayoría de ellos estaban solos, algo a lo que su enfermedad solía condenarlos.

—Esta pastilla es veneno para ratas —murmuró una mujer mirando el vaso que Mona le tendía—. Sé que me lo habéis estado endilgando, pero no me hace efecto. Estoy protegida. ¡Zis, zas! —Y realizó un pase mágico por encima de la pastilla con la mano que tenía libre.

—Muy bien, Frances —dijo Mona—. Cuando el médico revise tu expediente esta noche seguro que lo tendrá en cuenta.

Se refería a Raj, que estaría a cargo de la planta mientras durara su turno. Era una norma estricta del centro que todos los pacientes procedentes de la medicina privada admitidos en el hospital dejaran de estar al cuidado directo de sus médicos. Estaban ingresados en la planta de psiquiatría, y esto significaba que la opinión de Raj respecto a su tratamiento contaba más que la de su médico personal. No obstante, la realidad era que Raj apenas cambiaba alguna medicación o prescribía algo nuevo, a menos que el paciente sufriera una reacción alérgica extrema o se convirtiera en un peligro para sí mismo. Cuando no se hallaban en situación de crisis, lo que más necesitaban los pacientes era una niñera con buena formación, agradable, perspicaz, animada y que mostrara interés en todo momento.

—Hola, Ira, ¿cómo te encuentras? —preguntó Raj a uno de los hombres de más edad. Ira estaba al borde de la psicosis y siempre se resistía a ser internado cuando su familia ya no podía soportar sus arrebatos.

—Fatal, y no mejoraré hasta que alguien le haga caso a mi verdadero médico y no a un principiante como usted.

Cuando no estaba sobreactuando o gritando a los desconocidos en unos grandes almacenes, Ira era muy dependiente. Le dolía en lo más hondo que el doctor Schiff, un residente de tercer año que se había trasladado al instituto de psicoanalítica, lo hubiera abandonado. Ira habría criticado a cualquier sustituto aunque le aseguraran una y otra vez que estaba en buenas manos.

—Déjeme echarle una ojeada a mi horario y quizá podamos charlar esta noche —indicó Raj—. Su caso es muy interesante. —Estaba poniendo en práctica la fórmula mágica que nunca fallaba.

La cara alargada de Ira se iluminó.

—¡Deme eso! —gritó mientras tomaba el vaso de papel que le tendía Mona—. Puede apostar lo que quiera a que mi caso es interesante. Sé que el doctor Schiff tenía mucho que decir al respecto.

De hecho, el doctor Schiff se había marchado tan deprisa que apenas había dejado un párrafo de notas extraoficiales sobre aquel paciente. Pero Raj asintió con la cabeza y sonrió.

—Bien, entonces hablaremos —aseguró. A continuación, lanzó una mirada benévola y de interés a los otros pacientes; un acto automático con el que les indicaba que no había favoritismos. Todos deseaban aquel bien que era más preciado que el oro: la atención.

Raj vio que había otras dos enfermeras en la sección. Una estaba rellenando los informes diarios para la reunión del personal de los jueves. La otra leía una novela romántica. Las dos levantaron la vista cuando oyeron su voz. Raj pasó con rapidez antes de que se fijaran mucho en él.

—A ver si saludamos… —exclamó una de las enfermeras.

—Si quieres saber mi opinión, te diré que, visto por detrás, no está nada mal —afirmó la otra, una madre soltera llamada Joanie que siempre decía lo que pensaba. Joanie consideraba que en un pabellón de psiquiatría no debía haber inhibiciones. Sus piropos hacían que Raj se sintiera halagado y algo incómodo, pero estaba tan obsesionado con Molly que no se volvió. Joanie había consolado a más de una promoción de internos. De lo único que tenía que preocuparse era de que alguien se fuera de la lengua.

Raj entró en su pequeño despacho y cerró la puerta. De las dos mujeres de su vida, la que acudía a su mente sin tener que evocarla era Molly. En aquel momento pensaba en ella. Tras un momento de reflexión, descolgó el teléfono y marcó el número de Maya.

—¿Estás mejor? —le preguntó—. ¿Hay noticias de Baba?

—No, y estoy muy triste. ¿Cómo ha ido el trabajo? —preguntó ella a su vez con voz deprimida.

—Todavía estoy aquí. Me ha tocado doblar el turno —mintió Raj.

Intercambiaron frases de apoyo y colgaron. Por precaución o por un sentimiento de culpabilidad, Raj no telefoneó a Molly. Aunque ya habían transcurrido unas semanas, no sabía con certeza cuánta atención aceptaría Molly que le dedicara. Era curioso que el preciado bien que todos los pacientes anhelaban de Raj pudiera no ser bien recibido, causar enojo o asustar a Molly. En psiquiatría, el amor es objeto de estudio porque todo lo es. Durante la sesión de grupo del viernes siguiente los otros psiquiatras estarían atentos ante cualquier cambio de comportamiento. Si Raj se revolvía y no se concentraba en el caso que estuvieran tratando, cada gesto suyo sería analizado en silencio o en voz alta. A Raj no le importaría si no tuviera nada que esconder. Ya había compartido con ellos una docena de detalles íntimos sobre Maya. El pabellón constituía su mundo particular y además él lo había escogido, pero eso no significaba que fuera a ofrecerles a Molly; no mientras pudiera protegerla.

Llamaron a la puerta y Habib asomó la cabeza.

—He visto tu nombre en la hoja de servicio —informó—. ¿Cómo te encuentras? He estado dándole vueltas a la historia que me contaste. Sobre la chica del metro.

—¿Sobre quién? —preguntó Raj. Había olvidado que contó a Habib la historia de la pelirroja con vestido de boda cuando no era más que eso, una historia.

—Deberías presentármela. Yo estoy libre. De hecho, estoy a dos velas —manifestó Habib—. Es actriz, ¿no es así?

—No creo que vuestros horarios encajaran demasiado bien —repuso Raj. Habib era un residente de primer año, un año más veterano que Raj. Procedía de una familia adinerada de Arabia Saudí, había estudiado en Tufts y había realizado sus prácticas como interno en el Beth Israel, uno de los templos de la medicina de Boston. Era frívolo, pero muy astuto.

—Las únicas personas cuyos horarios coinciden con los nuestros ya se han ido al infierno —observó Habib en tono animado.

—No saldría bien —insistió Raj.

Habib le lanzó una mirada penetrante.

—¿Me he perdido algo? —preguntó. Durante las prácticas se esperaba que los psiquiatras se trataran como si fueran una familia. Se suponía que las confidencias, aunque forzadas, desarrollaban la confianza y la sinceridad entre ellos. Pero en aquel momento Raj no estaba para confidencias.

—No hay nada que contar —respondió Raj pensando con cuidado en su excusa—, pero no tengo su número de teléfono.

—Podrías habérmelo dicho desde el principio.

—Te estaba desanimando con suavidad —aclaró Raj intentando parecer divertido.

—De hecho, esperaba que hubiera algo entre vosotros —admitió Habib—. Todas las mujeres, pero sobre todo las nuevas, hacen que quieras soltarlo todo. En las reuniones hablarías tanto que yo no tendría que participar, lo cual me iría perfecto. Yo te pasaría los Kleenex.

Raj volvió a sus expedientes. Aunque Habib no le hubiera creído, podía contar con su discreción. ¿O era él quien le estaba tomando el pelo?

—¿Qué dosis toma Meeker ahora? —preguntó Raj mientras hojeaba unas notas que tenía delante—. Está intranquilo y no reacciona. Creo que desvaría otra vez cuando el personal no está delante.

En algunos pacientes una medicación excesiva o insuficiente les provocaba inquietud y un comportamiento caótico, exactamente lo contrario de lo que se pretendía, sobre todo en los que padecían los vaivenes impredecibles de la esquizofrenia.

—No me acuerdo. Está ahí escrito —dijo Habib—. Las notas del último médico de guardia son un lío, así que diviértete. Yo me voy a dormir.

Cuando la puerta se cerró, Raj se dio cuenta de que habían estado jugando. De Raj se esperaba que tuviera una actitud fría y controlada por mucha confusión que experimentara en su vida personal, y de Habib que se mostrara abierto pero no entrometido. Cualquier cosa que Raj le contara sería recibida con comprensión e inmediatamente transmitida al resto de los residentes y a Clarence. El hecho de que Molly fuera actriz ya debía de haber despertado la curiosidad de todos. Raj se imaginaba sus comentarios.

«Quizá no puede controlar sus emociones.»

«Que es por lo que necesita a una mujer, para expresar y trabajar sus emociones.»

«O para exagerarlas.»

«Posible caso de histeria.»

«Buena observación.»

Un jueguecito extraño, sin duda. Las cinco horas siguientes transcurrieron con una lentitud que podría haber batido récords. Raj no levantó la cabeza de los expedientes, pero sentía que su ansiedad contenida aumentaba. Las imágenes de él con Molly en la cama dominaban sus pensamientos. Se hallaba en una fase en la que ella poseía la llave de su alegría y su tristeza máximas. Aquella mañana se había levantado consciente de aquello, pero ahora lo experimentaba con más fuerza y vibraba en todo su cuerpo. Bien pasada la medianoche, pero antes de la una, descolgó el auricular y marcó el número de Molly.

—¿Diga? —respondió una voz somnolienta.

—Hola. Soy yo. ¿Estabas dormida?

—Algo así. —No parecía demasiado molesta. Tras la actuación, solía llegar a casa hacia la medianoche y se iba a la cama cerca de la una.

—Respecto a lo de anoche. Lo revivo de forma continua —manifestó Raj. Hubo una pausa al otro lado de la línea que duró lo suficiente para detener los latidos de su corazón.

—Espera a que apague el televisor, ¿de acuerdo? —dijo Molly. El ruido que sonaba de fondo no era muy fuerte, y Raj se preguntó, preocupado, si Molly no estaría ganando tiempo. Cuando regresó dijo—: Yo también he pensado en la noche pasada. Hoy casi interrumpo a Guy durante su actuación. —La existencia de Guy todavía irritaba a Raj. No era homosexual ni drogadicto ni nada parecido que lo tranquilizara—. Me he acordado a menudo de lo cariñoso que estuviste.

—¿De verdad? —preguntó Raj, deseando que continuara. Hubo otro silencio, así que Raj dijo—: Siento haberte molestado. Sé lo tarde que es y lo cansada que estás, pero quería oír tu voz.

—Bonito detalle. Pensaba desmaterializarme en cuanto acabara el show de Letterman.

—Se suponía que no ibas a burlarte mucho de mí, ¿recuerdas? —dijo Raj.

—Sí, y no lo voy a hacer. Yo también quiero revivir la noche pasada. Algunos detalles se me han olvidado —dijo Molly—. Creo que a los dos nos irá bien refrescar la memoria.

—Desde luego. Te quiero. Ahora ve a dormir. Te llamaré cuando salga del hospital.

—Muy bien.

Raj oyó cómo Molly colgaba el teléfono y, aunque se sentía muy feliz, notó una pequeña punzada en el corazón. Le habría gustado oír: «Yo también te quiero.» Se levantó y realizó unos ejercicios de estiramiento.

El pequeño despacho le agobiaba, así que salió al pasillo. Estaba desierto, pero mientras pasaba por delante de las habitaciones iba oyendo los sonidos nocturnos típicos de una planta de psiquiatría: las toses entrecortadas, los ronquidos, los gemidos de un sueño intranquilo, los susurros de dos viejas damas que habían encontrado su afinidad en el insomnio, el apagado balbuceo de un paranoico que leía la Biblia sin cesar hasta que la irresistible fatiga lo obligaba a cerrar los ojos.

Mona lo vio y se reunió con Raj a mitad de camino de la sección de las enfermeras.

—Joanie tuvo la noche pasada una mala cita. ¿Tú crees que se puede malgastar toda una velada con un tío y que después no quiera aceptar una negativa? —Mona se rió y empujó a Raj hacia la sala de día. Estaba vacía y se sentaron en dos sillones que había frente al televisor.

—Joanie no está interesada, ¿no es cierto? Quiero decir, en mí —preguntó Raj.

—Te lo podría contestar, pero si reservo esta información para el grupo, ella también estará allí y será más honesto, ¿no crees?

Raj sonrió torciendo la boca. Se alegraba de que Mona se mostrara irónica respecto a todo aquel asunto de actuar como una familia.

—Me he enamorado —le dijo—. Todavía no se lo he dicho a los demás.

—¿Se llama Maya? —preguntó Mona.

—No, es otra.

Mona se tomó la noticia con tranquilidad.

—¿Al compartir esta información personal conmigo pretendes comprometerme en una relación de intimidad furtiva? —preguntó—. Podríamos estar violando nuestro contrato con el grupo.

—¡Corta el rollo! —exclamó Raj—. Va en serio.

La expresión de Mona se suavizó.

—¿Has perdido la cabeza por alguien que no toma medicación? Es fantástico. De verdad.

—Gracias, pero me estoy volviendo loco. Me lancé sobre ella como una apisonadora y me sorprende que no llamara a la policía. Ahora quiere estar conmigo, lo sé, pero ¿qué vendrá a continuación?

—¿Me lo preguntas porque intuyes el peligro? —preguntó Mona.

—¿Sentir que pierdes pie es peligroso? —preguntó a su vez Raj.

—Seguro que sí, pero creo que de eso se trata. A menos

que sólo quieras divertirte. —Mona dijo todo esto con rapidez y sabiendo de lo que hablaba. A continuación, titubeó.

—¿Qué pasa? —preguntó Raj.

—De modo que llegaste a su corazón tendiéndole una emboscada emocional. Algunas mujeres pueden aceptar esta forma de actuar, pero supone mucha presión para el hombre. Ella debería poder acercarse a ti a su manera, expresando sus propias necesidades, quejas o particularidades. Es inevitable. No puedes impedir que surjan temores. Las personas necesitan protegerse.

Raj escuchó con atención. No le sorprendió que unos consejos tan sabios salieran de los labios de Mona, pues todas las enfermeras habían recibido formación psiquiátrica. Además, Mona era una de las pocas personas que sabía de forma innata cómo funcionan las personas en su fuero interno. Se trataba de un don y Raj no estaba seguro de poseerlo todavía. Por eso confiaba en Mona más que en los demás.

—¿Normalmente te lanzas así sobre las mujeres? Quiero decir que si es la táctica que utilizas —preguntó Mona.

—En absoluto. Nunca había hecho nada parecido hasta ahora. Dios mío, ¿puedes creer que estaba con Maya y que corrí a los camerinos sólo para estar cerca de esa mujer? Molly. Así se llama. Le compré rosas. Acaricié su ropa, que colgaba de una silla. Si hablas de esto delante del grupo, te mato.

—Vaya. —Mona lo miró de un modo extraño—. Eso fue una verdadera guarrada. Me refiero a lo que le hiciste a Maya.

—Ella no lo sabe. Tuve cuidado —repuso Raj enseguida mientras sentía la ola de desaprobación que se le aproximaba—. Ahora me siento culpable continuamente.

—Pero no lo suficiente para contárselo.

—No.

—Al menos pareces afligido —observó Mona. El escepticismo se había adueñado de su voz. Mona podía ser brutalmente directa con los pacientes que perdían el control, y Raj no estaba en un escalafón tan alto como para que tuviera que reprimirse—. Me sentiría mucho mejor si tratáramos este asunto con el grupo. Lo siento. Creo que será bueno para ti que lo hablemos en profundidad —afirmó.

Cuando Mona se fue, Raj se sintió intranquilo. Había creído que podría abrir su corazón a Mona, pero le había salido el tiro por la culata. En la reunión del grupo seguramente lo humillarían. A fin de llegar a las emociones verdaderas se derramaba mucha sangre sobre la mesa. La desaprobación de Mona no era una buena señal. Ella y Habib se habían convertido en sus aliados. Se ayudaban y amortiguaban los golpes cuando la investigación se volvía demasiado exhaustiva. Pero eso podía cambiar. Sin embargo, sucediera lo que sucediera en el grupo, Raj se prometió que se lo contaría todo a Maya.

Tenía muchas cosas en la cabeza cuando levantó la vista y vio a una paciente, la señora Klemper, que se dirigía hacia él envuelta en un albornoz. Sus ojos despedían un brillo feroz.

—Es muy tarde para estar levantada —dijo Raj mientras intentaba recuperar la serenidad—. ¿Tiene problemas para dormir? Puedo pedir a las enfermeras que le den algo.

La señora Klemper resopló y sacudió la mano con menos delicadeza que un rinoceronte espantando un mosquito.

—¿Para qué necesito una pastilla? Quieres evitarme, ¿no es cierto? ¿Crees que no sé leer la tristeza en la cara de los demás, como en la tuya ahora mismo?

Raj sintió que se le encogía el corazón. Oficialmente, aunque era el médico de guardia esa noche, ocupaba un puesto muy bajo en el escalafón del personal. La mayoría de los pacientes no era consciente de ello. Para ellos, todos los médicos eran una autoridad, a excepción de «su» médico, cuya categoría era superior a la de todos los demás. Sin embargo, unos cuantos eran observadores y sabían distinguir a los más inexpertos, con los que podían meterse. El señor Morgenstern, el agresor pasivo y quejica, no era el que más se metía con Raj ni el más desagradable. Este honor pertenecía a Claudia, la señora Klemper, una mujer de Brooklyn que estaba en la cincuentena y que había entrado y salido del hospital cinco veces desde que Raj se incorporó al servicio aquel verano. Cada vez que su marido tenía una aventura entraba por la puerta giratoria del centro médico. Y como el señor Klemper, que viajaba mucho, sentía un apetito permanente por el sexo fortuito, o al menos de eso se había quejado Claudia durante una de sus crisis, disponía de una fuente constante de perturbación. La señora Klemper, una víctima eterna, nunca se preguntaba por qué se había casado con un golfo como el señor Klemper o por qué sus correrías, del todo predecibles, la destrozaban de aquel modo.

A ella le parecía natural sacar toda su amargura en el pabellón de psiquiatría. Una semana antes, por ejemplo, había entrado en la despensa para lanzar latas de sopa, café, bolsas de frutos secos y leche en polvo en todas las direcciones. Su desastrado vestido medio dejó al descubierto su pecho y su pelo flotaba en mechones grises desaliñados mientras le gritaba a Raj, de quien era paciente: «¡No sabes una puñetera mierda sobre mí!»

En aquella ocasión tardaron mucho en tranquilizar a Claudia. «¿Por qué demonios te han mandado a ti, a un crío? —gritó—. Los médicos auténticos son idiotas, pero son verdaderos Einstein comparados contigo, ¿entiendes?»

Ahora Claudia se estaba enojando otra vez y, aunque cualquiera le hubiera servido, Raj supuso que le había tocado a él. Lo machacaría por no haber ido a verla antes esa noche. Raj rebuscó en su mente para encontrar algo que decir. Claudia era la única paciente que, cuando él le había dicho que su caso era muy interesante, tras esbozar una sonrisa cínica le contestó: «¿Esa vieja y sobada porquería? Podrías intentar ser menos típico, ¿sabes?»

Claudia fue la primera en romper el silencio.

—Pareces triste, chico. ¿Alguien te ha echado una bronca?

—No estoy triste, Claudia.

—Como quieras.

—Quizás es usted quien se siente triste. ¿Es por eso que todavía está levantada? —indagó Raj. Su respuesta no le hizo sentirse muy brillante, pero al menos estaba cumpliendo con la regla número uno de los psiquiatras: No compartir nunca información sobre uno mismo con un paciente.

—¿Triste? ¿Qué te ha dado esta impresión, que mi matrimonio se esté derrumbando y que, si mi marido me deja, me quedaría completamente sola? Estaría dando volteretas si supiera que no me iba a fracturar la cadera.

—Sé que tiene verdaderas razones para sentirse triste, pero tranquilícese: está en un lugar seguro. No tiene que esconder su problema riéndose de él —observó Raj.

Y pensó que, al menos, empezaba a sonar como un profesional. La señora Klemper se mostró algo menos agresiva. Raj lo notó, había esperado mucho tiempo a que ella rompiera su coraza, aunque sólo fuera ligeramente; a que mostrara un poco del inmenso temor que acechaba tras su máscara hostil. Le dio palmaditas en la mano.

—Me gustaría oír lo que quiera contarme —le dijo.

—¿De verdad? —preguntó la señora Klemper.

—Sí. Aquí se está tranquilo y estamos solos. ¿Qué le gustaría decirme?

—Bien —respondió ella mientras reflexionaba—. En primer lugar, que si tuviera agallas agarraría un cuchillo de carnicero y transformaría al toro de mi marido en una vaquilla. Y en segundo, que no sé qué es más patético, si tus intentos para que confíe en ti o la expresión ridícula de tu cara.

La señora Klemper le lanzó una mueca triunfante y se levantó. Mientras la observaba encaminarse a su habitación calzada con unas zapatillas gastadas, Raj pensó que, probablemente, dormiría muy bien el resto de la noche. Estaba seguro de que, cuando relatara el incidente al grupo, alguien apuntaría que no debía dejarse llevar por la fantasía de que podía ayudar a todo el mundo. No hay fórmulas mágicas para curar la mente humana cuando no quiere ser curada.

4

Raj decidió hacerse cargo de más turnos de noche para poder cenar con Molly antes de que acudiera al teatro. Apenas pensaba en Maya y con frecuencia inventaba excusas cuando ella quería verlo. Molly y él habían descubierto un pequeño restaurante a mitad de camino entre Broadway y el hospital. Una noche, Bradley apareció con ella.

—¿Mesa para tres esta noche? —preguntó el jefe de comedor. Estaba acostumbrado a verlos a los dos solos. Raj asintió y lo siguió a una mesa arrinconada cerca de las puertas basculantes de la cocina. Bradley estaba alegre y despreocupado y Raj se preguntó si ése era su único estado de ánimo.

—Ella me sedujo con paella. Esta ciudad es un desierto en lo que se refiere a comida española, pero, en opinión de Molly, este restaurante es muy bueno.

—Diría que estás disgustado —le dijo Molly a Raj.

—No, estoy contento de que estemos aquí los tres —mintió Raj. A continuación, se enfrascó en la lectura de la carta mientras Molly dirigía de nuevo su atención a Bradley y los detalles de la cocina catalana. Bradley ya no era un desconocido para Raj, pues sabía que había conocido a Molly en un festival de teatro de verano, cuando acariciaba la idea de convertirse en director. Ahora estaba volcado en la correduría de su familia. Raj era consciente de que tenía que dejar espacio para otras personas en la vida de Molly. Ella no iba a entregarle un paquete de recuerdos y pedirle que los quemara.

Cuando ya estaban a mitad de la cena, Raj no aguantó más.

—Ya no puedo más. Bradley, quiero estar a solas con Molly. Vivo para estos momentos y, en general, apenas puedo verla media hora antes de empezar mi guardia.

En un primer momento, Bradley perdió el aplomo, pero antes de que pudiera responder, Raj siguió desahogándose.

—Me vuelve loco que hayas estado unido a ella mucho más tiempo que yo, y pido a Dios que algún día me admire tanto como te admira a ti. ¿Te importaría dejarnos a solas?

Molly y Bradley lo miraban con fijeza. Entonces, Molly dejó la servilleta sobre la mesa y se levantó.

—Perdonadme, he de ir al lavabo —dijo, y se volvió hacia Bradley—. No te vayas, ¿me oyes?

Bradley levantó la botella de vino en dirección a Raj.

—Bien dicho, amigo mío. ¿Más vino? —preguntó.

—No —respondió Raj en tono sombrío—. Acabo de estropear una velada muy agradable. Tienes que quedarte. Lo siento.

—¿Por qué? Todos sabemos sin lugar a dudas que si Molly caminara sobre las aguas, tú estarías arrodillado en la otra orilla dispuesto a secarle los pies. ¿Te importa? —Bradley se sirvió una copa de vino y se arrellanó en el asiento—. ¿Te ha contado algo sobre nosotros?

—Realmente no mucho.

—Como sabrás, hace mucho tiempo que nos conocemos. Desde que dejó la facultad, en Wisconsin, y vino a Nueva York, donde la vida empieza de verdad, siempre he podido contar con ella. Me ayudó a superar una separación dolorosa de alguien a quien yo quería de verdad pero a quien, por lo visto, movían los intereses económicos. Para decirlo de una forma suave, fueron las peores Navidades de mi vida. Yo ayudé a Molly durante una sospecha de embarazo hace tres años, la peor primavera de su vida. Fue una falsa alarma. Molly confía en ti más que en cualquier otra persona que yo conozca. Ah, y nunca nos hemos acostado.

Bradley habló en un tono rápido y eficiente, más adecuado para enumerar los valores en cartera de un cliente.

—Vaya. —Raj no esperaba tales confidencias. La verdad es que no fantaseaba con la idea de que Molly se hubiera acostado con otro hombre, pero las palabras «sospecha de embarazo» lo mortificaron y tuvo que ahuyentar de su mente las imágenes de ella con otro en la cama.

—No es tan rara, aunque actúe como si lo fuera —prosiguió Bradley—. Pero es especial, y vive conforme a un código que no te revelará.

—¿A ti te lo ha contado?

Bradley negó con la cabeza.

—No de un modo explícito. A algunas personas las conoces por lo que te cuentan, pero a ella la conoces por lo que no explica. Nunca la he oído decir que se merece algo ni que la dejara sola alegando una excusa. Nunca suelta tacos, aunque sus padres lo hacen, los he oído, y la señal más clara de que está enamorada es que evitará pronunciar la palabra «amor» como si se tratara de la peste.

—¿Por qué? No lo entiendo. ¿Acaso quiere hacerme sufrir? —La desesperación se impuso al orgullo y Raj trató a Bradley como si fuera su confidente.

—No se trata de ti, sino de su código. Creo que para ella el amor es demasiado profundo para hablar de él.

—O sea, que si yo siguiera el mismo código, viviríamos sin decirnos nunca cómo nos sentimos. No tiene sentido —masculló Raj—. Yo no puedo leer su mente. ¿Es que tengo que superar alguna prueba?

—Los hombres siempre estamos pasando pruebas. Lo hacemos cuando dormimos e incluso cuando nadie nos lo pide. —Bradley vació su copa de vino y, durante un segundo, Raj sintió una pequeña oleada de admiración. El *savoir faire* no era su especialidad, pero aquel hombre no era tan superficial como quería hacer creer a los demás.

Cuando regresó, Molly estaba taciturna, y no hubo más conversación sobre la comida española, así que cenaron en silencio. Evidentemente, se daba cuenta de que habían hablado de ella. Cuando les trajeron la cuenta y Raj se levantó, Molly se dirigió a Bradley.

—Quiero acompañar a Raj al hospital. ¿Te importa?

A Bradley no le importó y, después de darle un beso rápido, Molly tomó a Raj por el brazo. El ambiente era sofocante. A la luz del crepúsculo, los edificios de ladrillo despedían un fulgor anaranjado, y el calor del día se negaba a retirarse.

Después de cinco minutos, Molly habló.

—No chismorrees sobre mí. Te lo pido.

—No estábamos chismorreando —negó Raj no tanto para defenderse a sí mismo como para evitar que Molly se disgustara en lo más mínimo, lo cual lo atemorizaba de un modo infantil—. Bradley me estaba ayudando a comprenderte.

—Estás demasiado acostumbrado a intentar comprender a tus pacientes —manifestó Molly—. No me consideres como a un caso. Escucha, actúa, siente. —Pronunció las palabras con un énfasis especial que tomó a Raj por sorpresa.

—Estoy obsesionado contigo. No es un secreto —admitió Raj—. ¿Quieres que te preste más atención?

—No. Estás pendiente de mí como si fuera frágil, como si fuera una mariposa que pudiera desintegrarse en tus manos. ¿Y sabes por qué? Porque eso hace que te sientas seguro. —Raj sabía que Molly tenía razón. En la Facultad de Medicina los estudiantes inseguros aprendían que la forma más rápida de no tener miedo ante una avalancha de sufrimiento, era sumergirse en ella. Hacían un pacto secreto con Dios para que los librara del miedo a cambio de ayudar lo suficiente a los demás.

No hablaron durante un rato y Raj se fue tranquilizando. Cuando se hubo calmado, le contó a Molly su entrevista para acceder a uno de los cuatro nuevos puestos de residente que iban a crearse ese otoño en el hospital.

—El jurado está formado por un grupo de médicos veteranos muy estirados —explicó Raj—. Todos fuman en pipa, no hablan y te mantienen en vilo todo el tiempo.

—¿No dicen nada? —preguntó Molly.

—No, si pueden evitarlo. Se supone que tienes que pasarlo mal y, digas lo que digas, intercambian miraditas, de esas que te hacen sentir como un idiota.

Uno de los médicos le había preguntado por qué creía que sería un buen psiquiatra. Se trataba de Halverson, quien también se encargaba de supervisar a los nuevos. Por esta razón Raj sintió que disponía de cierta ventaja. Sabía que esta pregunta era clave para Halverson, y la respuesta era decisiva porque se daba por descontado que todos los candidatos eran brillantes y ambiciosos. De repente, Raj olvidó todo lo que había memorizado.

—Bien —empezó con voz titubeante—, cuando alguien se pone a gritar, no siento el impulso de salir corriendo, sino de quedarme y escuchar.

Por alguna razón misteriosa, su respuesta dio lugar a un murmullo de aprobación por parte del comité. Después, Raj se enteró por varias fuentes de que era uno de los candidatos más firmes a uno de los cuatro puestos.

—¿Los has engatusado con alguna artimaña? —le preguntó Habib, quien había pasado por la misma prueba el año anterior.

—No, les he dicho que quiero oír lo que los pacientes tienen que decir —le contestó Raj.

—¡Ah! —Habib reaccionó como si la respuesta de Raj hubiera sido realmente astuta. En general, se comentaba que Halverson y los otros médicos decanos estaban anticuados. Creían que un terapeuta debía escuchar a sus pacientes el tiempo que fuera preciso, por muy insustanciales que fueran los resultados. En cambio, en la psiquiatría moderna un paciente que grita es una ventaja, porque abre la boca, lo cual facilita hacerle tragar una pastilla; entonces el psiquiatra puede marcharse con tranquilidad.

—Es curioso —comentó Molly cuando Raj terminó su relato—. Superaste bien la pregunta, pero ¿realmente tienes una razón para querer ser psiquiatra?

—Sí. Todavía no soy bueno en esto, pero creo que la psiquiatría es una forma de ofrecer a las personas mejores maneras de ser seres humanos —afirmó Raj—. Estoy convencido.

—Tienes buen corazón —dijo Molly.

—Suena como si no fuera suficiente —observó Raj.

—Ser bueno no es poco —repuso Molly—, y en tu caso es lo que te hace especial.

—¿Y qué es lo que te hace especial a ti? —preguntó Raj—. ¿Algo distinto?

—Eso creo.

—Pues dímelo.

—Sé que quieres saberlo y que has pensado mucho en ello —respondió Molly. Dirigió la mirada hacia el incesante desfile de desconocidos que pasaban por la acera—. Todas esas personas entienden la vida que viven. Yo nunca he entendido la mía, y si parece lo contrario, es porque finjo. Y, no te rías, fingir no es algo que me guste.

—¿Crees que los demás realmente comprenden? —preguntó Raj.

—Que lo hagan o no, no es relevante —respondió Molly—. Pero yo espero algo más.

—¿Qué?

—Quiero ser llamada —contestó Molly—. No trato de ser misteriosa. Es como querer ser especial, pero no porque sea presuntuosa, arrogante o me considere demasiado buena para una vida normal. Creo que todos tenemos esa semilla, que permanece enterrada hasta que una luz invisible la alcanza.

—¿Y si la semilla brota? —preguntó Raj.

—Entonces quizá comprenderé por qué estoy aquí y de qué va todo esto.

—¿Todavía no has sido llamada? —preguntó Raj.

Molly se rió.

—No; bueno, quizá. ¿Quién sabe?

—El amor es como una llamada —le recordó Raj—, así que, de algún modo, yo he recibido lo que tú deseas.

Molly volvió la cabeza hacia él. No era la primera vez que Raj aludía al intenso amor que sentía por ella, pero en esta ocasión parecía contener una ligera acusación.

—Sí, el amor es como una llamada, pero, a veces, a pesar de ello retrocedemos. Los sentimientos se enfrían, y entonces puedes encontrarte mucho más atrás que antes de enamorarte.

—O sea, que intentas advertirme de algo —repuso Raj, aunque su voz sonó calmada. En muchos aspectos, su conversación encajaba mejor que sus cuerpos. Era la faceta de la que Raj podía disfrutar hasta que averiguó lo bien que encajaban también sus corazones.

Al llegar al hospital le sorprendió que Molly quisiera acompañarlo a la planta de psiquiatría. No le gustaban los hospitales por principio, y mientras cruzaban la sala de urgencias se agarró con fuerza a Raj y evitó mirar a los pacientes heridos y terriblemente aburridos que esperaban a ser visitados.

Raj apretó el botón del ascensor y observó la señal luminosa que descendía desde la planta sexta.

—Si no soportas esto de aquí abajo, ¿por qué quieres subir? —le preguntó.

—Porque los de arriba se dirigen a algún lugar que desconozco —explicó Molly—, mientras que éstos sólo están enfermos.

—No todos los de la planta de arriba están locos. De hecho, la mayoría no lo está.

—Sólo déjame mirar. Puedo entrar como visitante, ¿no?

—Por supuesto, pero sólo un momento.

Entraron en el ascensor y no dijeron nada durante el lento y temblequeante recorrido. Cuando las puertas se abrieron, Molly comentó que estaba muy oscuro.

—Se supone que tiene un efecto relajante —declaró Raj—. Además se acuestan a las ocho.

En la sección de las enfermeras, Mona levantó la vista y sonrió, pero no así Joanie. «Dándole vueltas al pasado —pensó Raj—. O una cita que no ha funcionado.»

—Ésta es Molly —dijo Raj, nervioso.

Mona asintió sin transmitir ningún sentimiento.

—Bienvenida al último rincón de mundo —saludó. Joanie no levantó la cabeza de los expedientes. Parecía no querer causar ninguna impresión, ni buena ni mala.

—¿Así que es aquí donde los tienen? —murmuró Molly mirando a su alrededor.

—No a los suficientes —intervino Mona—. Es espantosa la cantidad de desequilibrados que hay por las calles. La mayoría de los que están aquí es porque sus familias pueden costeárselo.

Molly hizo un gesto de asentimiento y se dirigió hacia el pasillo. Mona pronunció en silencio la palabra «guapa» y Raj se puso más nervioso. Mientras seguía a Molly, la melancolía del crepúsculo se extendió por la planta. Molly tocó las paredes, forradas con una tela roja que combinaba con la moqueta. Raj se preguntó si ella creía que deberían estar acolchadas. Llegaron a la sala de día, que estaba al doblar una esquina al final del pasillo. Raj iba a decir algo cuando se detuvo y apartó a Molly. Ante ellos se desarrollaba una escena a punto de explotar. Dos mujeres se enfrentaban. Una de ellas había levantado la mano y la otra, pillada por sorpresa, reaccionó demasiado despacio para protegerse la cara.

—¡Eh! —gritó Raj.

Pero ninguna de las dos miró en su dirección. La más joven, que era nueva en la planta y debía de tener unos veinte años, le echó el contenido de un vaso de café a la de más edad, que chilló y se tambaleó hacia atrás.

—¡Enfermera! —gritó Raj mientras entraba en la sala. Enseguida identificó a la de más edad: era Claudia, que le dio un fuerte bofetón a su agresora.

—¡Maldita puta! ¡Me has abrasado! ¡Mírame!

—Cumplo el mandato de Dios —gimió la joven en un tono agudo y monótono. Todavía sostenía el vaso de plástico y lo volcó de nuevo en la cara de Claudia sin darse cuenta de que ya lo había vaciado. Raj la apartó antes de que Claudia la abofeteara otra vez.

—Ya está bien, señora Klemper —exclamó Raj con firmeza—. Estoy aquí para solucionar esta situación.

—¡Este lugar está lleno de locos! —gritó Claudia. Y se llevó las manos a la cara—. Nadie podrá mirarme nunca más. —Y por primera vez desde que Raj la conocía, rompió a llorar. Mona y Joanie entraron. La joven se revolvía en los brazos de Raj con fiereza. Era toda músculos y nervios en tensión, como un gato salvaje. Repetía una y otra vez en voz baja que cumplía el mandato de Dios.

—Ayudadme, por favor —pidió Raj. Mona sujetó a la mujer por un lado y Joanie lo hizo por el otro.

—Se llama Sasha —dijo Mona—. Es paciente del doctor Mathers.

Cuando las enfermeras intentaron llevársela, se puso a gemir y se derrumbó en el suelo como un saco de harina.

—¿Qué está tomando? —preguntó Raj.

—Tengo que comprobarlo en su ficha, pero creo que no hay órdenes especiales aparte de la rutina de mantenimiento —informó Mona—. Seconal y algo para las náuseas. Ha vomitado.

—¿Qué estáis haciendo? ¡Me estoy abrasando! —sollozó Claudia. Su cara estaba roja de rabia, pero Raj había tocado las últimas gotas de líquido que quedaban en el vaso para comprobar con alivio que estaba frío.

—Sólo está muy asustada —dijo Raj, que no quería tener a dos pacientes fuera de control—. Tóquese la cara; el café no estaba hirviendo.

—¡Y una mierda no lo estaba! —Claudia sufrió otro ataque de ira y trató de darle una patada a Sasha mientras las enfermeras intentaban levantarla.

—Ahora va a tranquilizarse —le advirtió Raj sacándola de allí—. La acompañaré a su habitación. Si se queda aquí no dejará de pensar en la pelea.

Los ánimos se habían apaciguado lo suficiente para que Raj pudiera mirar por encima de su hombro. Molly se hallaba a unos tres metros de distancia. Estaba muy quieta, con los ojos fijos en Sasha. Cuando las enfermeras pasaron junto a ella, a Raj le pareció que alargaba el brazo pero que se detenía en el último momento.

—Espérame aquí —le pidió Raj—. Ahora vuelvo. A menos que quieras marcharte. —Molly negó con la cabeza y Raj persuadió a Claudia de que se alejara de la sala de día. Cuando se hubo tranquilizado un poco, Raj se dirigió a la sección de las enfermeras.

—¿Qué estaba haciendo esa tal Sasha? —preguntó a Mona.

—Creo que ungía a las personas —respondió ella encogiéndose de hombros—. Al parecer tenemos mucha comunicación personal con Dios hoy en día.

—¿El doctor Mathers sabe que su paciente es propensa a esta clase de trastornos? —preguntó Raj.

—Ya ha estado hablando con ella acerca de esta cuestión —intervino Joanie, que apareció detrás de ellos—. Interrumpió su medicación para tener más datos sobre lo que le ocurría. Quizá quieras ir a verla. Está bastante mal. —La expresión de Joanie era seria. Raj no supo si ocultaba su opinión sobre Mathers o sobre él.

—Que una de vosotras vaya al botiquín y me traiga un poco de Haldol —pidió Raj—, a ver si quiere beberlo. Si no, tendremos que inyectárselo. Y averiguad cuánto Seconal ha tomado. No dejará de alucinar hasta que la sedemos.

Camino de la habitación de Sasha, Raj leyó en su expediente que había sufrido su primer ataque de esquizofrenia a los dieciocho años, cinco años antes. El médico que había gestionado su ingreso garabateó una lista de antipsicóticos que se suponía que la paciente tomaba. Sasha no los toleraba muy bien, pero cuando dejaba de tomarlos, los brotes volvían a producirse con indicios de paranoia cada vez más evidentes.

Cuando Raj entró, la habitación estaba a oscuras. Oyó un gimoteo en una esquina, y gracias al pálido resplandor de las luces del pasillo, distinguió una forma acurrucada.

—¿Sasha? Soy el doctor Rabban, y he venido para ayudarte —dijo con suavidad—. Para poder hacerlo, necesito verte. No encenderé todas las luces, sólo una. —Se dirigió a la cama con cautela y encendió el fluorescente que había encima, el cual proyectó una luz verdosa sobre la aterrorizada joven, hecha un ovillo en el suelo. Cuando Raj se agachó para ayudarla a levantarse, percibió que el aire era muy frío allí abajo.

—Cumplo el mandato de Dios —susurró Sasha en apenas un suspiro.

—Está bien, pero queremos que mejores. Tienes que volver a tomar la medicación —dijo Raj con dulzura. La rabia y la agitación habían abandonado el cuerpo de Sasha, y cuando él la ayudó a echarse en la cama, cayó con flaccidez. Entonces, sus miembros se pusieron rígidos y su expresión se contrajo en un grito silencioso. Era el demonio de dos caras de la paranoia, que en un instante otorga la iluminación divina y al siguiente inflige un tormento insoportable.

Mona apareció junto a Raj. Llevaba una pequeña bandeja de metal con dos frascos.

—Déjalos ahí —le indicó Raj—. Quiero observarla cinco minutos más antes de tomar una decisión.

Se sentía desorientado ante aquella paciente extremadamente alterada a quien apenas conocía. Cinco minutos no fueron suficientes. Ella seguía retorciéndose y balbuceando. Pensó en llamar a Mathers, pero ¿de qué serviría? Como mucho, debía de conocer a Sasha de un par de sesiones de una hora.

Raj abrió los frascos y puso una pastilla de barbitúrico y Thorazine en la palma de su mano. Llenó un vaso con el agua de una jarra de plástico que había en la mesilla de noche y levantó la cabeza de Sasha.

—¡Tómate esto! —dijo con suavidad, como si hablara con un niño pequeño.

Sasha abrió los ojos, rodeados por unos círculos oscuros, y repitió su salmodia.

—Dios obra a través de mí. ¿Quién obra a través de ti?

—Yo no soy tan afortunado como tú —susurró Raj—. Nadie obra a través de mí salvo yo mismo.

Iba a abrirle la boca con los dedos y ponerle las pastillas sobre la lengua cuando alguien entró en la habitación. Se volvió y vio que se trataba de Molly.

—¿Cuánto tiempo ha pasado? No pretendía dejarte sola. —Señaló con la cabeza hacia Sasha quien, al ver a Molly, se alteró todavía más—. Se pondrá bien. Será mejor que salgas.

Molly no le hizo caso, se acercó y puso la mano sobre el cuerpo de Sasha.

—No creo que debas hacer eso —observó. A Raj no le gustaba que tocaran a los enfermos, pero, antes de que pudiera decírselo a Molly, ésta añadió—: Está embarazada.

—¿Cómo lo sabes? No se le nota.

—No lo sabremos con certeza hasta que le hagáis la prueba, pero a veces tengo presentimientos —explicó Molly—. ¿Estas pastillas serían perjudiciales para una mujer embarazada?

—Así es. De hecho, podrían ser bastante peligrosas —contestó Raj. Separó la mano de la boca de Sasha y leyó su ficha. No se le había escapado nada: ninguna anotación indicaba que estuviera embarazada.

»No está casada —murmuró, aunque sabía que eso no tenía importancia. Algunas personas abusaban sexualmente de los esquizofrénicos cuando se daban cuenta de que no podían defenderse. Molly se quedó junto a la cama, pero, como si percibiera la preocupación de Raj, no volvió a tocar a Sasha.

—Si lo único que quieres es que duerma, creo que está a punto de hacerlo —comentó Molly. Alargó el brazo y apagó el fluorescente—. Si es que alguien puede hacerlo con esta luz espantosa.

Molly no dio muestras de haber dicho o hecho nada extraordinario, y Raj podía comprobar su intuición con una prueba del embarazo. Reflexionó durante unos instantes. Oyó que Sasha respiraba de forma calmada y regular en la oscuridad. No le haría ningún daño dormir, y él estaría pendiente por si pretendía cumplir el mandato de Dios a las tres de la madrugada.

—De acuerdo —susurró y se dirigió con Molly al pasillo.

Caminaron en silencio hasta la sección de las enfermeras. Raj dejó el expediente de Sasha sobre el mostrador.

—Te acompañaré hasta el ascensor. Nos vemos mañana, ¿de acuerdo? —Molly asintió con la cabeza y Raj se dio cuenta, sin necesidad de preguntárselo, que el incidente la había conmovido. Cuando estuvieron lejos de las enfermeras le dijo—: Te he pedido que me quieras de más formas de las que conozco.

—Lo sé —afirmó Molly.

—En el restaurante, Bradley me dijo que eras especial. Sólo alguien muy sensible puede saber que esa chica está embarazada. ¿Estás esperando a un hombre que sea como tú?

—No, no se trata de eso —dijo Molly—. Sea lo que sea lo que espero, no puedo evitarlo.

Raj gruñó para sus adentros. Oyó a Joanie exclamar a lo lejos:

—¿Piensas dejar esto en blanco?

—¿Qué? —Raj se volvió con irritación.

Joanie sacudía en alto el expediente.

—No has apuntado lo que le has dado.

—Porque no le he dado nada —dijo Raj—. Espera un momento, ahora voy.

—Los frascos estaban abiertos —observó Joanie—. ¿Despierto al doctor Mathers?

—Te he dicho que ahora vengo —gruñó Raj. Joanie esbozó una media sonrisa afectada. Raj sabía que pretendía algo. Quizá se trataba de una estrategia de agresividad pasiva para hacerlo quedar mal delante de Molly. Oyó que el ascensor se acercaba.

—Todos somos como pozos profundos —declaró Molly—. Pero los mantenemos tapados. Cuando te conocí, irrumpiste en el camerino como una exhalación y creí que quizá la tapa iba a saltar. Pero no voy a zambullirme en la oscuridad, así que estoy esperando.

—Y mientras esperas, ¿qué se supone que tengo que hacer yo? —preguntó Raj.

—No te preocupes —dijo Molly acariciándole la mejilla—. Si una chica demente cree que Dios obra a través de ella, tú no puedes ser mucho menos.

—No te tomes muy en serio lo que ha dicho —le advirtió Raj—. Es la mentalidad de los esquizofrénicos. Por la mañana se sentirá maldita.

Molly entró en el ascensor.

—Y no pretendía disgustarte al decirte que todavía estoy buscando algo, porque es posible que, ahora mismo, lo esté viendo.

—Te quiero —susurró Raj.

Las puertas se cerraron y Raj sintió una liberación en el pecho, como la que deben de sentir los pacientes cuando el médico les dice que la radiografía fatídica era un error. Raj recordaría las palabras de Molly durante largo tiempo. Regresó a la sección de las enfermeras para decidir si estrangular a Joanie o no.

—Dejaré las mentiras para ti —repuso Molly sin deshacerse del abrazo del desconocido—. Eres tan bueno mintiendo…

Mantenían una evidente relación de intimidad, Raj no necesitaba un manual para darse cuenta. Se habría escabullido del camerino, pero Molly agarró al hombre alto por el brazo y lo volvió hacia él. Los presentó sin que su voz perdiera el tono despierto y animado.

«Todavía está exaltada por los aplausos», pensó Raj. Alargó la mano y Bradley se la estrechó sin decisión.

—Creí que íbamos a salir —observó Bradley.

—Y vamos a salir. Raj ha pasado por aquí de improviso —dijo Molly.

—Comprendo. No sería el primero, ¿verdad? —Fue un momento difícil hasta que Raj vio algo que lo salvó. Molly se había ruborizado. A pesar de su soltura, apenas conseguía dominarse.

—Es un nuevo amigo —declaró con rapidez—. Llegamos juntos a las bodas por los pelos.

Cuando se dio cuenta de que la observaban, se puso todavía más colorada, con un rubor intenso que empezó en el cuello y que acabó con cualquier intento de parecer tranquila. Se acercó al espejo con precipitación.

—Ni siquiera he tenido tiempo de quitarme esta porquería de la cara, así que fuera los dos. Dadme cinco minutos. —Recogió la ropa y las cremas y empezó a arreglarse con decisión.

—Bien, tenemos órdenes —manifestó Bradley riendo y tirando de Raj.

Al salir del camerino se encontraron con un pequeño grupo de fans que merodeaban cerca de la puerta. Raj se sentía vacío. Observó las facciones atractivas y complacidas de Bradley, que recorría con la mirada el pasillo en busca de algún amigo.

5

Cuando se celebró la reunión matutina del personal, había algunos asuntos difíciles de tratar. Se reunieron en el despacho que había frente a la sección de las enfermeras y tomaron café y charlaron mientras Clarence revisaba los expedientes. Llegó al último sin hacer ningún comentario y se sacudió las migas de donut de la barba. Por lo general no había muchas novedades de un día para otro.

—Quizá le interese volver a mirar éste —indicó Mona.

—Sasha Blum —leyó Clarence repasando la ficha—. ¿Prueba de embarazo? —Se volvió hacia Raj—. ¿Esta chica decidió revelarle en mitad de la noche que esperaba un hijo?

—Nadie me había dicho nada al respecto —intervino Mathers. Era un residente de primer año de pelo rubio y lacio que había estudiado en Yale. Raj apenas lo conocía—. Es una de mis pacientes, una loca chillona —añadió Mathers.

Clarence seguía mirando a Raj en espera de una respuesta.

—Por orden del doctor Mathers, a esta chica se le retiró la medicación temporalmente para ver cómo respondía —explicó Raj—, y observé señales de que podía estar embarazada.

—¿En ella? ¿En su familia? ¿En quién? —preguntó Clarence.

—Cuando llegué a la planta, las enfermeras me dijeron que había vomitado y me pareció una buena idea comprobar un posible embarazo —respondió Raj.

Clarence sostenía el expediente con el ceño fruncido.

—Eso es bastante razonable, pero ¿no estamos dejando de lado la fuerte crisis psicótica? Las órdenes de la ficha especifican que debía reanudarse la medicación al primer signo de recaída y decidió hacer caso omiso. ¿Por qué? —Raj se sobresaltó y miró a Mathers.

—Porque ayer por la noche esas órdenes no constaban en el expediente —contestó Raj.

—Sí que constaban. Las escribí antes de irme a casa —replicó Mathers—. No la habría dejado así, abandonada a su suerte. Debía de tener usted mucha prisa.

Raj sintió que la rabia lo atenazaba. Antes de que pudiera reaccionar, Mathers se volvió hacia Clarence.

—Por lo que he oído, se produjo una situación bastante peliaguda y Raj acababa de incorporarse a su guardia. No pretendo criticarlo, nos puede pasar a todos.

En la mesa, los presentes se revolvieron, incómodos, y Raj enrojeció. Mathers había dejado a Sasha totalmente desprotegida y Raj creía saber quién le había achacado a él el error de Mathers. Clarence sacó un papel amarillo del expediente.

—Su intuición fue buena, Rabban. La prueba ha dado positivo. Ahora, Mathers y usted pueden decidir qué hacer con una mujer embarazada en plena crisis de esquizofrenia.

—Yo ya sé lo que quiero hacer —respondió Raj con rapidez.

—¿De qué se trata? —preguntó Clarence.

—¡Un momento! —interrumpió Mathers—. ¡Todavía es mi paciente!

—¿De repente no puede esperar para ocuparse de una loca chillona, como con tanta elegancia la definió antes? —intervino Clarence. Mathers se arrellanó en el asiento haciendo un gesto displicente con la mano.

—Me gustaría dedicar el resto del día a la señorita Blum —declaró Raj con sumo cuidado—. Todavía estoy de guardia y no hay mucho más que hacer en la planta. Si me permiten dedicarle un poco de atención personal, quizá pueda averiguar quién es el padre y si su estado actual es o no muy grave.

Clarence asintió con un gesto y deslizó el expediente por encima de la mesa.

—Todo suyo, pero entréguele un informe a Mathers antes de irse y él lo comentará conmigo. ¿Algún otro asunto, muchachos? Está bien, salgamos y pongámonos manos a la obra. Se acabó la clase.

Cuando salió de la reunión, Raj todavía estaba alterado. La mentira de Mathers en cuanto a la ficha constituía una falta de ética, pero a causa de Sasha Blum también él se encontraba en una situación delicada. No podía decirle a Clarence que su nueva novia había intuido el embarazo de la paciente. Era mejor haberlo dicho sin más. Cuando entró en la habitación de Sasha, la encontró echada sobre las sábanas, de espaldas a la puerta. Las cortinas estaban corridas, pero dejaban entrar un haz de luz que se proyectaba en su cuerpo como una espada afilada.

—¿Sasha? —dijo con cautela.

—No está.

—Quizá sí que esté —contestó Raj aliviado de que hubiera respondido a su nombre—. ¿Puedo hablar contigo? Traigo noticias. —Raj se sentó en el borde de la cama, pero Sasha no se movió. No disponía de tiempo suficiente para sonsacar a Sasha y evaluar todas sus reacciones—. Tengo lo que espero que sean buenas noticias para ti. Vas a tener un bebé.

—Me voy a morir —declaró Sasha después de una pausa.

—¿Puedes mirarme? —preguntó Raj con dulzura.

Sasha se volvió despacio y dobló un brazo escuálido sobre su rostro pese a la oscuridad que reinaba en la habitación. «No está de humor para ver lo que tiene que ver», pensó Raj.

—¿Entiendes lo que te he dicho? —le preguntó.

—Mi profesora me llevó a las montañas —dijo Sasha con la cara todavía tapada—. Algunos comimos de lo que daban los campos y otros bebieron de lo que había en el bosque. Las noches tienen más pies. ¿La señorita Havisham puede oír los bombarderos?

Raj esperó. Las palabras e imágenes que Sasha evocaba parecían vagamente coherentes, pero Raj sabía lo suficiente para no precipitarse y conversar sobre cualquier fantasía en la que Sasha estuviera inmersa. Si las analizaba a fondo, expresaban peligro y búsqueda de seguridad. Debía de sentirse en peligro después de saber lo del bebé.

—¿Entiendes lo que te he dicho? —repitió Raj.

—En las montañas hace demasiado frío para criar a un hijo —murmuró Sasha—. Las chaquetas azules abrigan más. Lo verde es grande.

Bajó el brazo. Su cara era como una máscara inexpresiva, pero al menos no estaba contraída como antes.

—Creo que lo entiendes y quieres escapar de la situación —pensó Raj en voz alta—. Sabes con exactitud adónde quieres huir y no te lo impediré, pero ¿podemos hablar un poco antes? Es importante.

El brazo de Sasha se balanceó como una cortina sin decidirse a taparle el rostro o no. Uno de los primeros tópicos que aprende un psiquiatra es qué diferencia hay entre un neurótico y un psicótico. Los neuróticos construyen castillos en el aire, y los psicóticos viven en ellos. La gracia del dicho es que es el psiquiatra quien cobra el alquiler. Raj sabía que Sasha era lo suficientemente psicótica como para refugiarse en un mundo imaginario; los sucesos de la noche anterior no dejaban lugar a dudas. Así que la única cuestión era averiguar si tenía la fuerza de voluntad suficiente para volver a tocar de pies al suelo. Si su enfermedad la mantenía lejos de la realidad, Raj no tendría más remedio que medicarla.

—Mueve la mano si recuerdas quién soy —le pidió Raj con suavidad en un intento de establecer contacto con ella. Una delgada rendija se abrió en la máscara y los dedos de Sasha se movieron ligeramente, aunque su mirada todavía reflejaba un miedo y un cansancio superiores a lo que cualquier joven se merece. Raj recordó lo que Halverson le había dicho en su primer día de prácticas. «No estamos aquí para salvar almas. Eso es imposible. Es una tentación que no nos está permitida. Aunque apenas podemos curar a las personas, al menos sí podemos intentarlo.» Era una lección que a Raj le costaba aceptar en este caso.

—Voy a sitios —afirmó Sasha.

—Lo sé —dijo Raj.

—No lo sabes. Cuando dejo de acostarme…, de medicarme, voy a sitios —balbuceó, haciendo verdaderos esfuerzos para hablar con sentido—. Las calles van pasando sigilosamente. De puntillas y confusas. Nunca se sabe. Y a veces me despierto junto a la última persona del mundo que creería que rezo, porque lo hago.

«Por las noches, vagabundea y se despierta junto a desconocidos», pensó Raj.

—De modo que es probable que no conozcas al padre —dijo Raj con gravedad.

Sasha se encogió.

—Hoy no aceptamos visitas de doña Grosera. Fuera, fuera.

Raj tuvo suerte de que Sasha intentara comunicarse con él a pesar de que había empezado a perder el contacto con la realidad. Su mente había naufragado y navegaba a la deriva sin encontrar un puerto seguro. Raj no podía medicarla sin más debido a todas las pruebas que tenían que practicarle para llevar a buen término un embarazo con tantos riesgos posibles, desde el sida hasta una drogadicción por parte del padre desconocido.

—¿Hay alguien a quien deberíamos llamar?

Sasha titubeó.

—En mi almohada. Mi almohada es el bolso. Puedes mirar en mi bolso, pero no te lleves nada.

—Está bien, les diré a las enfermeras que miren en tu bolso. No tocarán nada.

Sasha se levantó y se dirigió hacia las cortinas como si fuera a descorrerlas, pero se apoyó en la pared. Raj sabía que no lloraría, que una reacción tan normal le resultaba imposible en aquellos momentos. No tenía acceso al lugar donde nuestros temores y anhelos más profundos yacen bañados en lágrimas.

Si era cierto que vagaba por las calles, Raj tendría que prescribirle medicamentos que eliminarían las alucinaciones, pero que también borrarían otras cosas aparte de su terror devastador.

—Vamos a hacer todo lo que podamos por ti —manifestó Raj—. Regresaré.

Mientras se volvía para marcharse, oyó que Sasha mostraba un asomo de cordura.

—Todas las personas son como pozos profundos. Esto es lo que más me asusta.

Cuando Raj oyó de nuevo las palabras de Molly, un escalofrío le recorrió la espalda. Podría haberse detenido y preguntar a Sasha qué estaba sucediendo, pero ¿cómo iba a saberlo ella, que bastante suerte tenía si sabía en qué mes estaba? Cuando salió al pasillo, Raj se preguntó si era estúpido. ¿Cuántas pistas le habían sido dadas aparte de ésta? ¿Y qué le estaban mostrando esas pistas, tan inconfundibles como el canto de un pájaro o el grito de un animal, pero igualmente incomprensibles?

—¿Ha aterrizado el ovni?

Raj levantó la vista y vio a Mathers.

—Más o menos —respondió Raj—. No ha empeorado, pero no podemos retirarle los medicamentos. Se quedó embarazada porque dejó de tomarlos y entró en estados de fuga.

Mathers se encogió de hombros.

—Al menos lo intentamos. —Al ver la expresión de Raj, añadió—: Sé que piensa que soy insensible. Le retiré la medicación porque esperaba que reaccionara. Algunas veces dejan de volar a su paraíso imaginario con la mitad del tratamiento. ¿Cuántos psicópatas vemos cada día por la calle? ¿Una docena? ¿Veinte? Algunos manejan sus vidas bastante bien. Pero las cosas son como son. Después de tomarse las pastillas esta noche, ni siquiera recordará que ha existido el día de hoy.

Raj se preguntó cuántas veces podía Mathers referirse a ella sin utilizar su nombre.

—¿Y qué hay del bebé? —preguntó Raj.

—Tendremos que esperar a ver qué pasa —respondió Mathers—. Si yo fuera ella, abortaría. Muchos esquizofrénicos olvidan incluso que tienen un bebé en casa o que es suyo. Si fuera una indigente, los servicios sociales y los tribunales podrían obligarla a abortar. Por lo que recuerdo, procede de una familia acomodada y va a la universidad. Tiene suerte: dispondrá de más alternativas.

Raj se dio cuenta de que Mathers no intentaba pisarle el terreno. No era tan duro como aparentaba y, fueran cuales fueran los motivos que le llevaron a practicar la psiquiatría, no debían de ser muy distintos a los de Raj. También era intuitivo y podía llegar a leer los pensamientos de Raj.

—En efecto —dijo Mathers—. Estoy en el bando de los

buenos. Intente hacerse a la idea. Considerar que las cosas son blancas o negras es un síntoma de una personalidad *borderline*. Así que, ¿quiere fumar la pipa de la paz o tomar un café?

—Todavía tenemos que discutir el tratamiento de Sasha a partir de ahora.

—Pensaba que acabábamos de hacerlo. Que vuelva a tomar Clozapine, pero la mantendremos vigilada hasta que le surta efecto, no vaya a ser que decida rociar de nuevo a la gente con agua bendita. Después dejaremos que regrese con la persona que se ocupa de ella ahí fuera otra temporada.

Mathers parecía impaciente y ocupado, y, técnicamente, Raj no podía reprochárselo.

—Está bien —aceptó Raj. Mathers se mostró satisfecho y se alejó, pero Raj lo retuvo—. Una cosa más. Si va a acostarse con Joanie —le advirtió—, la próxima vez no le diga que amañe las fichas, ¿de acuerdo? ¿Puedo disponer ahora de cierta libertad para tratar a Sasha? Creo que me lo merezco.

Mathers entrecerró los ojos y Raj se preguntó si negaría la acusación. Pero esbozó una sonrisa triste y todo lo que dijo fue:

—Haga lo que pueda. Sasha tiene suerte de contar con usted.

Raj rompió la promesa que se había hecho a sí mismo y no le contó nada a Maya. Además del estado de su abuelo, se enfrentaba a mucha tensión en el trabajo: aunque encajaba con su manera de ser a la perfección, Maya tenía el corazón demasiado blando.

—Pasarás mucho tiempo en los tribunales y sufrirás a causa de esas personas —le advirtió Raj durante la cena. Maya había llevado comida india preparada al apartamento de Raj.

—¿Acaso tengo que dejar a un lado mis sentimientos? —preguntó Maya.

—A veces, sí. Los tribunales tienen que creer que tu opinión es fiable, tanto si aconsejas que la familia vuelva a reunirse como si opinas que tiene que separarse —aseveró Raj.

—Es horrible. Quizá no esté hecha para esto —concluyó Maya con tristeza—. Además, está lo nuestro.

Raj sintió un nudo en la garganta.

—¿Qué quieres decir? —preguntó.

—No estoy segura de que un matrimonio pueda soportar que, día tras día, los dos cónyuges trabajen entre tanto dolor. Es pedir demasiado. Ya noto los efectos.

—¿Desde cuándo?

Raj era consciente de que estaba fingiendo, pero no podía evitarlo. El sentimiento de culpabilidad lo empujaba a hacerlo.

—No puedo concretarlo, pero sea lo que sea lo que te están haciendo, ya no eres el mismo —manifestó Maya—. De todos modos, olvídalo. Ya tienes bastantes problemas.

Raj la tomó de la mano pero no porque lo deseara, sino porque lo habría hecho así antes de conocer a Molly.

—No estoy preocupado, Maya, estoy…

No se detuvo por falta de valor. Es cierto que, cuando Maya supiera la verdad, podría acusarlo de cobardía, pero no se trataba de eso, no desde el punto de vista de Raj. El amor lo había traicionado. Tiraba de él en distintas direcciones, hacia dos mujeres muy diferentes. Y aunque la decencia lo impelía a elegir, el amor no se lo permitía. Su parte tierna veía en Maya a la mujer que más quería, y su parte enigmática veía lo mismo en Molly. Sería cruel y ridículo decirle a Maya que no era lo bastante misteriosa. Ése no era el problema. No se puede rechazar la bondad porque carezca de secretos. Pero en aquellos momentos en que la crisis se avecinaba, el misterio era su única excusa.

—Hay otra persona —dijo Raj.

Maya dejó el tenedor sobre la mesa y bajó la cabeza.

—¿Desde cuándo? —preguntó en voz baja.

—Desde hace algún tiempo. La conoces… Bueno, sabes quién es.

Maya estaba trastornada.

—¿A quién te refieres? —preguntó.

—A la actriz que vimos aquella noche. Se llama Molly —respondió Raj.

—No era difícil darse cuenta, pero tenía la esperanza de estar equivocada. —Maya se puso de pie y recogió sus cosas con rapidez. Cuando Raj intentó tocarla, lo rechazó.

»Siempre noté tu indecisión —exclamó, y se expresó con facilidad, como si hubiera imaginado aquel momento previamente—. Así que no creo que sea culpa de ella. Desde el principio quisiste otra cosa.

—Esto no es verdad —replicó Raj.

—¡Venga, cállate ya! —explotó Maya—. Si vas a salirte con la tuya, al menos déjame hablar. Fuiste cruel al llevarme a verla aquella noche. Aquello fue imperdonable. Cuando te marchaste en el intermedio me sentí realmente mal. Quería creer que tenías una urgencia, pero el corazón me decía otra cosa. Y no podía preguntarte nada, porque te quería. No dejaba de repetirme que mi corazón se equivocaba. Incluso me alegré en cierta medida cuando mis padres se fueron de repente y me quedé sola, porque así tendrías la oportunidad de demostrar que todavía te importaba.

—Y así es, todavía me importas —afirmó Raj con pesar.

—No. Eso es lo que tú llamas sentimientos —prosiguió Maya—: dos pasos hacia delante y uno hacia atrás. Es la misma historia de siempre, y empiezo a conocerla bien. Me doy cuenta de que no se puede tener todo. Tú eras maravilloso para mí, y ahora he visto lo cruel que puedes llegar a ser. ¿Lo ves? ¡Los sentimientos cambian!

Maya se puso a llorar. Dejó que las lágrimas le resbalaran por el rostro, se colgó la mochila y se dirigió hacia la puerta. Las lágrimas le nublaban la vista. Manipuló el doble pestillo.

—Déjame a mí —dijo Raj.

—¡No! —exclamó Maya. Pero, al final, cuando su llanto se volvió incontrolable, permitió que Raj lo descorriera. Raj la observó mientras se alejaba corriendo por el pasillo y se tapaba la boca con las manos para que los vecinos no la oyeran.

Raj se odió a sí mismo. Telefoneó a Molly y le rogó que acudiera a su apartamento. Se sentía al mismo tiempo obsesionado y frustrado por el amor. Molly se sorprendió de que la llamara.

—Tu voz suena extraña —le dijo a través del auricular.

—No me hagas preguntas —pidió Raj—. Esta noche no. Sólo ven.

Molly aceptó sin titubeos, pero tan pronto como cruzó el umbral de la puerta preguntó de nuevo:

—¿Qué ocurre?

—No es nada de lo que tengamos que hablar, pero te necesito a mi lado.

Aquella noche hicieron el amor de un modo distinto. Raj sentía su presencia más allá de su cuerpo. Molly se aferró a él como si quisiera hacerle entender que no era una de las muchas formas difusas que pugnaban por entrar en su existencia sin llegar a hacerlo. Molly nunca le había dicho dónde debía tocarla ni que fuera más despacio y tampoco lo hizo esa noche. Su propia carne parecía decirle a Raj lo que quería y la propia carne de Raj lo entendió. Como los dos estaban cansados, el mismo acto físico fue distinto, y Raj se sorprendió de que el agotamiento de sus miembros hiciera que todo resultara mejor. Era un peso lánguido, y no el peso de sus problemas, el que se deslizaba sobre ella. Al final, su mente, demasiado extenuada para estar pendiente de su actuación, se relajó.

Cuando terminaron, durante los primeros minutos Raj no se atrevió a hablar. Molly, en lugar de sumergirse con él en un sueño saciado, se irguió. Estaba muy despierta.

—Ha sido… —Se detuvo y, durante un segundo, Raj se puso en tensión—. Ha sido la primera vez que no hacías el amor con «ella» —manifestó Molly. Raj se sobresaltó porque creyó que hablaba de Maya, pero entonces recordó que cuando Molly hablaba de «ella» se refería a ella misma cuando actuaba. Antes de que Raj pudiera responder, Molly le tapó los labios con los dedos. Eso era todo lo que quería decir, todo lo que quería que se dijera. Y al cabo de unos segundos, la carne de Raj también comprendió.

Fue la clase de sexo que levanta el ánimo, al menos para Molly. Cuando Raj dejó de abrazarla, volvió a sentir el corazón encogido, pero se dejó conducir por Molly a la calle. El cielo nocturno estaba sorprendentemente claro, y se extendía sobre sus cabezas como un manto de terciopelo. No sabían adónde ir, pero, como caminantes atraídos por el río, se dirigieron a Broadway. La muchedumbre, en las noches de verano, era bulliciosa.

—Sigamos a los transeúntes —propuso Molly señalando a la apretada multitud. Estaba demasiado exaltada para notar los empujones y apretones. El enjambre humano fluyó hacia el centro de la ciudad. El amor hace tantos milagros que, con frecuencia, los más pequeños se pasan por alto. Raj se estaba recuperando. Todavía se sentía muy desorientado, pero aun así el tráfico le pareció hermoso, como formado por carruajes resplandecientes en un mundo de camionetas sucias y abolladas. Y todo gracias a ella.

Cerca de la calle Setenta y nueve pasaron por delante de una tienda de comida preparada y de repente Molly se sintió hambrienta. Entraron y dieron una vuelta por el interior. Molly disfrutaba frente al mostrador del pescado, donde parecía que todas las criaturas del mar habían sido cortadas y ahumadas a la perfección cuando, en un extremo de la tienda, empezó una discusión. Un hombre de mediana edad, tez rubicunda y voz áspera que llevaba un delantal blanco, gritaba a una chica de unos dieciocho años que parecía acobardada.

—¿Se puede saber qué eres tú? ¿Una especie de tarada? —gritó el hombre—. ¿No sabes la diferencia entre seiscientas noventa y nueve y seis mil noventa y nueve? ¿Sabes cuánto dinero podría perder?

La chica bajó la cabeza y el labio le tembló.

—Ha sido un error. Lo pagaré yo —dijo en voz baja.

—¡Maldita sea! ¡Claro que lo pagarás tú! Pero ¿tú te crees que, aparte de mí, alguien te contrataría? ¿Eh? Anda, piérdete.

El enfado del hombre parecía desproporcionado. La gente que había alrededor se puso fuera de su alcance salvo Molly, que se dirigió al otro extremo del mostrador para acercarse a él. Continuó mirando las pilas de salmones anaranjados de grandes ojos negros y los calamares, que parecían globos grises deshinchados.

—Papá —rogó la muchacha. Parecía humillada, pero incapaz de irse. La tensión del ambiente la hizo retroceder hasta una pirámide de tarros con huevos de codorniz, y varios cayeron al suelo y se rompieron, lo que aumentó la cólera del hombre.

—¡Dios! Vas a limpiar todo esto y pagarás todos y cada uno de los tarros, ¿me oyes? ¡En mi opinión, toda tu vida es un auténtico desastre!

La chica empezó a llorar. Se arrodilló e intentó recoger los trozos de cristal y los huevos en salmuera. El furioso y autoritario jefe que, por lo visto, era su padre, continuó a su lado, observándola y vigilando por si tenía que soltarle otra bronca.

Molly había seguido la escena con atención. Se acercó al

padre y a la hija, que apenas estaban separados medio metro, y pasó entre los dos. Ambos se sobresaltaron y, por un momento, Raj pensó que el hombre iba a pegar a Molly, quien se paró a leer las etiquetas de unas latas como si fueran la lectura más interesante del mundo. Raj sintió cómo la tensión se apaciguaba y la chica dejó de llorar. Incluso el cuerpo del hombre perdió la rigidez. Después de unos segundos, Molly estaba de vuelta junto a Raj.

—¿Qué has hecho? —preguntó Raj. Molly le indicó, con una sonrisa, que ya se lo contaría.

—Ya podemos irnos —le dijo.

De camino hacia la salida, Molly le hizo un gesto a Raj con la cabeza para que mirara a la izquierda. El hombre del delantal se había agachado para ayudar a limpiar el estropicio. Sonreía y bromeaba con algunos clientes y su hija también reía con ellos. La escena no tenía nada de sorprendente a menos que se hubiera presenciado la anterior.

—Los he cambiado —afirmó Molly.

—¿Cómo? Sólo has pasado entre ellos dos.

—Tomé lo que sentían y luego lo dejé ir —dijo ella.

—¿Por qué?

—Porque ellos no podían. Al menos, no solos. Es como el vapor contenido. Su emoción era tan intensa que ninguno de los dos podía liberarla por miedo a reventar. —Molly tiró del brazo de Raj y lo sacó de la tienda.

—¿Cómo puedes estar tan segura? —preguntó Raj—. Quizá sólo se han tranquilizado.

—Hacía lo mismo cuando mis padres se peleaban. No recuerdo cómo empezó, simplemente lo hice —le contó Molly tendiéndole un biscote. Cuando Raj lo rechazó, ella se puso a mordisquearlo—. Admito que es extraño, pero, a diferencia de ti, yo nunca doy por sentado que la vida sea normal.

—¿Qué te hace pensar que yo lo creo?

—Bueno, te desconcierta que yo pueda tener razón en este asunto. No puedes simplemente observar y aceptarlo. Sientes que la vida tiene que ser normal, así que rechazas cualquier otra posibilidad.

Raj no podía negar lo que Molly decía, aunque había algo más: el miedo de que, cada vez que Molly le mostraba algo inquietante, estuviera intentando alejarse de él. Raj se pilló a sí mismo: ¿Por qué pensaba que aquello era inquietante?

Molly respondió la pregunta por él.

—En realidad, la vida normal no existe, sólo la vida predecible. Lo que no puedes predecir, tampoco lo puedes controlar, y eso asusta lo indecible a las personas.

—Y tú, ¿por qué eres inmune?

—No lo soy. Me asusté cuando entraste en mi camerino. Pero cuando no puedo controlar algo, lo observo más de cerca en lugar de escapar.

—Es una buena reacción —observó Raj. Molly se rió.

—No sabes cuánto me tranquiliza contar con tu aprobación.

Se la veía muy tranquila y olvidó el incidente tan deprisa como había surgido. Sin embargo, a lo largo de las diez manzanas siguientes, Raj sintió una extraña agitación en su interior. Se acordó de las discusiones de sus padres. Cuando él tenía seis o siete años, sus pequeñas disputas domésticas le causaban verdadero terror: corría a su habitación, hundía la cara en la almohada y cerraba los ojos con fuerza. Imaginaba que la mayoría de los niños utilizaban esa especie de negación causada por el miedo. Era una defensa contra la impotencia: Molly no se rendía ante la impotencia: había encontrado otro sistema. Raj se acordó de Sasha Blum, tan desolada que todo rastro de alegría le había sido arrancado como a golpe de rastrillo. Y se dio cuenta de que, como Sasha, también él corría el peligro de ver el mundo como un lugar donde todo puede perderse en vez de un lugar donde todo puede encontrarse.

—Ayer atendí a un paciente muy curioso —dijo Raj inesperadamente—, un hombre de cierta edad que vive en un asilo la mayor parte del tiempo. Lo encontraron en un edificio abandonado. Al principio pensaron que iba en busca de *crack*, pero no era así. Él repetía, una y otra vez, que aquel edificio abandonado era Roseland. Al final alguien se dio cuenta de que se refería a la vieja sala de baile que había cerca de Times Square. Como es lógico, pensaron que estaba como una cabra y me llamaron. «Señor Schirmer —le pregunté—, ¿por qué regresó a Roseland?» Me respondió que había llevado a su mujer a bailar allí hacía muchos años. «De modo que fue allí a recordar los buenos tiempos», le dije. Él me lanzó una mirada inexpresiva y exclamó: «Vuelvo allí para bailar con ella de nuevo.» Por lo visto, su mujer murió en el asilo el mes pasado. Yo tenía una jeringuilla en la mano para inyectarle unos tranquilizantes y, de repente, vi con toda claridad lo que iba a hacer. Iba a privarlo de su razón de vivir. Con un simple pinchazo, le sacaría de Roseland.

—¿Y lo hiciste? —preguntó Molly. Retiró la vista pues no quería saber la respuesta—. Yo no lo habría hecho.

Raj la hizo volverse hacia él.

—La elección no era tan sencilla, Molly. Tú no tienes mi trabajo —Raj carraspeó—. Le estaba proporcionando paz y tranquilidad.

—A un precio —adujo Molly.

—Está bien, de acuerdo. Tú ganas. Supongo que volverá a ver a su esposa mañana o la semana que viene, cuando los efectos de la medicación hayan pasado.

—Me alegro por ella —dijo Molly misteriosamente.

Su semblante se ensombreció sólo un momento. Dirigieron sus pasos de vuelta a la parte alta de la ciudad. Los edificios se volvieron más grises y austeros, como la ladera de una montaña cuando los valles exuberantes quedan atrás. Fue la primera vez que se durmieron cuando estaban a punto de hacer el amor. Aunque ambos estaban agotados, ninguno quería ser el que dijera que no, así que a la mañana siguiente se despertaron con los brazos y las piernas entrelazados como enredaderas.

Durante los días siguientes, a Raj se le ocurrió una idea. Al principio tuvo que ver con Sasha Blum, pero después se extendió a los demás. Se preguntó si todas las personas, incluidos los locos, no eran más que un fragmento de alma en busca de amor.

—¿Por qué ya no intentamos conmover a la gente? —le preguntó a Habib—. ¿Qué hace que su desesperación sea tan distinta a la nuestra o a la de cualquier otra persona?

—Si te refieres a los pacientes —respondió Habib—, muchos de ellos han desconectado la radio. No hay conexión posible.

—¿Cuándo fue la última vez que le dijiste a un paciente que sentías lo mismo que él?

—Bien. Esta mañana he visto al señor McPatrick. Tiene sesenta años. Sus hijas lo han traído porque se fue de viaje sin el litio. Cuando entró en la fase maníaca, se sintió tan eufórico, que les hizo proposiciones a dos azafatas durante el mismo vuelo. Me resultaría difícil mirarle fijamente a los ojos y decirle que yo también me siento así a veces.

—¿De manera que nunca intentarías acercarte a un paciente, por mucho que necesitara el contacto humano? —preguntó Raj.

—Si llegas a quererles —le advirtió Habib—, te comerán vivo.

Casi todo el personal de la planta estaba de acuerdo con Habib. El aumento en el empleo de los medicamentos facilitaba tratar a los pacientes sin que lo removieran a uno o sin tener que conmoverlos. Sin embargo, Halverson defendía esta opción. No había tenido más remedio que aceptar la utilidad de la medicación, pero no renunciaba a su creencia profunda de que la mente era sagrada.

—Si tuviera a dos pacientes depresivos —decía Halverson a los médicos jóvenes que trabajaban bajo su tutela— y eliminara los síntomas del primero con Prozac o una serie de pastillas similares, los resultados serían rápidos y, con frecuencia, muy completos. Sin embargo, si hablara con el segundo, podría conseguir que se diera cuenta de la causa de su depresión. Los resultados serían lentos y, con frecuencia, incompletos. Pero hay una diferencia. Si dejara de administrar Prozac al primero de los pacientes, sus síntomas resurgirían de inmediato con toda su fuerza, mientras que el segundo tendría al menos la posibilidad de avanzar en el camino de su curación. ¿Y acaso no estamos aquí para curar a las personas?

El debate tenía ya treinta años de antigüedad, pero todavía era apasionado. Siempre que Raj, que se sentía cercano a Halverson en esta cuestión, discutía con Habib, su amigo se reía en su cara. «Tu chamán está equivocado. Estamos aquí para aliviar el sufrimiento, y toda esa tontería de desenmarañar la psique es sólo una excusa. ¿Por qué habría de seguir sufriendo un paciente mientras espera que su psiquiatra trace el mapa de los abismos de su mente? Es ridículo.»

«Quizá mi chamán crea que hay un fantasma en la maquinaria —contestaba Raj—, lo cual es mucho mejor que una maquinaria vacía.»

No había puesto nada de esto en práctica hasta que Molly entró en su vida. Mientras Raj seguía su proceso de cambio, veía la planta de psiquiatría como una zona sin amor, como un mundo gris de tristeza, dolor y empleados indiferentes. ¿Por qué tenía que obedecer la regla de no contar nunca a los pacientes nada personal? Los psiquiatras comentaban continuamente que las emociones eran buenas, algo positivo, para después darle la vuelta a esa idea y asegurarse de que sus propias emociones permanecían inalcanzables. Un nuevo sentimiento, casi una exigencia, estaba creciendo en Raj. Si estaba enamorado y ese amor le permitía flotar en una nube de esperanza y alegría, ¿por qué no podía contárselo a aquellas personas que habían perdido incluso el recuerdo de esas sensaciones?

Habib lo oyó expresar esta idea en voz alta y le dijo: «Te estás buscando problemas, amigo.»

La siguiente vez que Raj entró en la habitación de Sasha Blum, ésta estaba sentada en una butaca fumando un cigarrillo. Vestía tejanos negros y una camisa con volantes y se había maquillado. En el mismo instante en que Raj entró, echó la cabeza hacia atrás y se rió por lo que alguien había contado.

—Hola de nuevo —le saludó con voz cantarina—. Tengo visita, ¿lo ves?

—Estás levantada —observó Raj—. Eso es bueno.

—Más que levantada —afirmó Sasha sin titubear.

Raj pensó que parecía una muñeca de trapo que alguien hubiera maquillado y echado en la butaca. Apenas tuvo tiempo de adaptarse a su extraña transformación, pues los dos visitantes de Sasha lo observaban. Uno era un joven con perilla que enseguida le tendió la mano. Raj no hizo el ademán de estrechársela porque sus ojos estaban clavados en la otra visita.

—Esto es muy raro —dijo ésta. Se trataba de Maya. Estaba sentada en el borde de la cama de Sasha, vestía de un modo informal y unas gafas de sol de montura azul le sujetaban el cabello negro, que se había recogido hacia atrás. No se levantó cuando vio a Raj, pero sostuvo en alto una cajetilla de cigarrillos y le dijo—: Supongo que no están permitidos. Sasha me los pidió.

—No pasa nada —dijo Raj mientras avanzaba y estrechaba la mano del joven. Fue un apretón frío y fláccido, y Raj pensó al instante que se trataba de una persona tímida e insegura.

—Me llamo Barry. Soy amigo de Sasha —se presentó el joven—. De la universidad.

Raj no le prestó atención.

—¿Qué haces aquí? —le preguntó a Maya.

Maya metió de nuevo los cigarrillos en la mochila negra y lo miró de reojo.

—Soy amiga de Sasha, pero también su asistenta social. Está mejorando.

—Sin lugar a dudas —exclamó Sasha. En aquel momento, era la persona con más aplomo de la habitación—. El doctor Rabban es quien puede decirme cuándo me voy a casa. Depende de unos análisis de sangre.

Raj dirigió de nuevo su atención a Sasha.

—Sólo del primero —manifestó—. Te haremos un análisis completo, y después puedes venir cada quince días para hacer el seguimiento. Es para ajustar la medicación.

Mantuvo los ojos apartados de Maya deseando que ella recuperara la serenidad. Desde que le confesó la verdad, Maya no había respondido a sus llamadas. La situación todavía no se había aclarado, pero Raj sintió una alegría especial al volver a verla, como si una red lo arrastrara hacia ella, aunque la red no lo atraparía y Raj lo sabía.

—Acompañaré a Sasha cuando venga a hacerse los análisis —declaró Maya—. Puedes darme los detalles a mí. ¿Tengo que firmar algún documento?

—Es posible. Lo comprobaré —murmuró Raj.

Barry, fuera quien fuera, pareció captar el nerviosismo que reinaba en la habitación y su reacción fue tomar un teléfono inalámbrico de la mesita de noche y juguetear con él. Sasha seguía de buen humor.

—El doctor Rabban ha estado a mi lado en todo momento —afirmó—. Me comprende.

—Estoy convencida —dijo Maya—. Tiene aspecto de ser muy comprensivo. —Sacó un Kleenex y le limpió con suavidad una mancha de pintalabios rojo brillante de la comisura de los labios.

—Sasha —intervino Raj—, quizá te hayas percatado de que Maya y yo nos conocemos de antes. De hecho, nos conocemos muy bien. Y me alegro de que tengas a alguien con quien puedas contar. Se puede confiar en Maya.

—Aunque quizá sea demasiado confiada —observó Maya. Alargó el brazo en dirección al cigarrillo de Sasha—. Dos caladas más y nos vamos —le dijo de forma concisa.

—¿Puedo hablar contigo en el pasillo un momento? —preguntó Raj. Maya se sobresaltó, pero asintió con la cabeza. Una vez fuera, Raj le dijo—: Tenemos que ser muy cuidadosos en lo que respecta a Sasha. No sé hasta qué punto la conoces, pero la trajeron hace unos días en un estado de alteración grave.

—¿Estás insinuando que mi comportamiento no es adecuado? —inquirió Maya. No lo dijo enfadada, sino con voz calmada y la mirada fija en el rostro de Raj.

—No insinúo nada —respondió éste—. Sasha es una chica frágil y no quiero exponerla a tensiones innecesarias.

Raj percibió lo que Maya sentía: «¿Desde cuándo has desarrollado esta sensibilidad hacia los sentimientos de los demás?»

—¿Cómo contactaste con Sasha? —preguntó Raj.

Maya se sentía incómoda, pero le dijo a Raj que la había conocido en la universidad. Sasha estudiaba en la Universidad de Nueva York y vivía en la residencia de estudiantes. Cuando éstos tenían problemas, acudían a un servicio de asesoramiento del campus en el que Maya había empezado a trabajar no hacía mucho.

—¿De modo que eres la responsable del bienestar de Sasha? —preguntó Raj.

—No hasta ese punto, pero Sasha me gusta y somos amigas.

Raj comprendió lo que Maya le decía.

—¿Y Barry?

—Es más que un conocido, pero menos que un novio. Son compañeros de prácticas o algo parecido. Cosas de la edad —explicó Maya—. No le he contado nada sobre los problemas de Sasha, si es eso lo que te preocupa.

—¿Por qué cree que Sasha está aquí?

—Porque está deprimida por los exámenes finales. Además, Barry sospecha que tiene problemas con la bebida.

Una fuerte carcajada salió de la habitación y Maya y Raj interrumpieron la conversación. Raj se preguntó si aquella explosión de alegría había sorprendido a Maya. En realidad, ignoraba qué sabía Maya del estado de Sasha. Decidió averiguarlo.

—Me gustaría trabajar personalmente contigo en este caso —propuso. Al ver que Maya se ponía tensa, añadió enseguida—: Tendríamos que dejar de lado nuestro… incidente. Esto no significa que debamos pasar por alto nuestro problema. La decisión está en tus manos.

—¿Incidente? Haces que suene como una incursión en el espacio aéreo iraquí —soltó Maya mostrando sólo un poco de la amargura que escondía.

—En estos momentos, Irak es probablemente menos hostil que tú —dijo Raj intentando hacer un chiste. Las facciones de Maya se endurecieron—. Me arrepiento continuamente del daño que te hice —aseguró Raj—. Créeme. —Raj sabía que no era ni el momento ni el lugar más adecuado para que sus palabras sonaran creíbles.

—¿Y? —preguntó Maya.

—Sólo quería ser sincero contigo. Los pacientes como Sasha se mantienen, sobre todo, gracias a la medicación, pero ella suele dejar de tomarla, y entonces…

—Sé algo sobre este asunto —le interrumpió Maya—. No mucho, pero si lo que estás intentando averiguar es si sé que es esquizofrénica, la respuesta es sí. Creo que soy la única de la universidad a la que se lo ha contado.

«Es posible, pero no sabes que está embarazada y no puedo decírtelo, todavía no», pensó Raj.

—¿Qué piensas de su comportamiento de hoy? —preguntó Raj.

—Está fingiendo. Quiere salir de aquí y a Barry y a mí nos ve como a sus aliados. Cree que podemos ayudarla a convencer a los que están al mando de que está bien. ¿Ves algo malo en esta forma de actuar? No querer estar aquí es una señal de cordura. —Maya pronunció estas palabras con calma, pero con un ligero tono de desafío.

—Querer salir de aquí no significa necesariamente estar cuerdo —objetó Raj—, pero tienes razón.

—¿Qué estáis haciendo aquí los dos…? ¿Conspirar?

Sasha estaba junto a la puerta. Su voz sonó animada, pero Raj percibió ansiedad en sus ojos. Definitivamente, era tan frágil como había advertido a Maya, pensó Raj con una punzada de compasión. Esta emoción no era profesional, pero no podía dejarla a un lado. Intentaría llevar a Sasha a su terreno del modo más cariñoso posible, y después le devolvería su propio ser. Exactamente lo que Halverson había dicho que no debía hacer un terapeuta.

—Nos has pillado: estábamos conspirando —contestó Maya—. Para ver cuándo puedes irte. Le he dicho al doctor Rabban que vienes a verme con frecuencia y que conoces con bastante exactitud tu situación.

Sasha asintió y la tensión de su cuerpo disminuyó de un

modo visible. A pesar del tiempo que habían estado juntos, Raj se sintió de nuevo impresionado por Maya. Su capacidad para decir la verdad en situaciones de presión se consideraría excepcional en cualquier círculo de psiquiatras. Sería un buen aliado…, si lograba convencerla de que no fuera su enemigo. El inexplicable sentimiento de alegría que había sentido cuando vio a Maya lo embargó otra vez.

—Ven, me llevaré el maldito tabaco —dijo Raj alargando la mano para sacarle a Sasha el cigarrillo de la boca—, y quién sabe lo pronto que podrás volver a casa. Me parece que con Maya estás en buenas manos.

Sasha se mostró encantada.

—Sabía que lo entenderías… ¡Eres maravilloso! —exclamó. Raj pensó que realmente era muy cariñosa para ser esquizofrénica; quizá demasiado, si alguna vez averiguaba cómo podía manipularle.

Los tres acordaron que Sasha podía irse por la mañana y en que Maya la acompañaría a la clínica de externos. Cuando entraron de nuevo en la habitación, Barry todavía manipulaba nerviosamente el teléfono como si se tratara de un videojuego.

Cuando se marchaban, Maya se dirigió a Raj.

—Puedo hacer algo que ignoras. —Raj se sorprendió—. Puedo perdonarte…, creo —declaró Maya—. Quizá yo también tuve algo de culpa.

—Eso no es verdad —objetó Raj—. Créeme.

—No nos dejemos llevar por los sentimientos —dijo Maya. Sonrió con tristeza y se fue.

Raj, pensativo, la siguió con la mirada hasta el ascensor. Los dos habían aguantado demasiado el tipo, pero le preocupó sobre todo la serenidad que había mostrado Maya. Una parte de él había esperado que estuviera destrozada, pero no era así y eso debía aliviarle. Entonces ¿por qué no lo hacía? Se sintió herido al pensar que quizá Maya no le había amado tanto como creía, aunque, por otro lado, su indiferencia podía ser una señal de que le había querido más de lo que él creía.

Por primera vez, se sintió realmente desgraciado. Una idea repentina cruzó por su mente. Amaba a Molly y a Maya con la misma intensidad. Sus padres le habían enseñado que se podía amar profundamente a varias personas a la vez. Raj había considerado esta creencia una idea exótica que no le incumbía. Ahora se preguntaba si sería verdad. ¿Es posible estar enamorado de más de una persona al mismo tiempo? Pero si este intenso amor por Molly y Maya brotaba de lo más profundo de su ser, ¿por qué se sentía tan desgraciado?

6

Pese a que, en lo más hondo de su alma, estaba convencido de que amaba a dos mujeres, Raj eligió consagrarse a Molly. Decidió que en el mundo había sólo dos clases de personas: los enamorados y los demás. El amor lo hacía sentirse protegido, y quería que Molly también lo estuviera. Se despertaba en mitad de la noche para observarla mientras dormía y apartaba los mechones de cabello de su boca, como si ese pequeño gesto le permitiera a ella seguir respirando.

En una ocasión, Molly le había dicho que esperaba que una luz invisible la despertara y la llamara a alejarse de la vida ordinaria. Pero Raj sentía que esa luz la rodeaba, la convertía en una persona sensible e intuitiva, le confería una belleza especial. Cuando Molly estaba en la bañera de espaldas a Raj, éste contemplaba la curva de su espina dorsal como si fuera un milagro en vez de las vértebras numeradas que había memorizado en la Facultad de Medicina.

Molly aceptaba todos estos detalles con gratitud, aunque a veces la entristecían, como si los ojos de Raj pidieran demasiado. En una ocasión le dijo inesperadamente:

—Un hombre mayor vino a los camerinos y me regaló una cajita de trufas. Dijo que cada una costaba seis dólares y que cada semana las traían de Zurich en avión. No quiso marcharse hasta que probara una. Cuando la mordí, vi que en el interior había partículas de oro. Tenía un sabor exquisito. Pero si pones esa misma trufa en el microondas durante diez segundos, se convierte en una masa pegajosa sin más.

—¿Y esto qué significa? —preguntó Raj.

—Que uno no debe depositar sus esperanzas en la belleza. Recuerda que la felicidad depende de cosas que pueden destruirse con un soplo.

—Pero la esencia todavía seguiría ahí —observó Raj—. Ahora estoy seguro. Tú nunca te convertirás en una masa pegajosa.

—Te encanta decir tonterías —repuso Molly con melancolía.

Sus vidas se entrelazaban cada día más. Vivían como desertores o fugitivos del mundo de los demás. Y al vivir el uno para el otro, su amor se convertía en un secreto que Raj conservaba en su interior en todo momento. Ahora nada lo preocupaba, salvo el remordimiento que sentía cuando pensaba en Maya. Por mucho que intentara apartarla de su mente, no lo conseguía.

Raj sintió que su corazón se había enternecido, pero se daba cuenta de que sus pacientes no se beneficiaban de esa ternura. Seguían encerrados en su dolor y miedo pertinaz y él seguía siendo el médico casi divino que se ocupaba de ellos. Pocos querían que Raj se les acercara. Otro tópico que los psiquiatras aprenden enseguida es que la terapia es como abrir una ostra. El paciente utilizará hasta el último gramo de su fuerza para permanecer cerrado. Ése era el juego.

Los únicos pacientes que no rechazaban su proximidad eran los psicópatas ocasionales como Bobby T. Bobby T. era un adolescente de los barrios bajos a quien habían llevado al pabellón después de haber robado siete coches y haberse divertido por cinco estados para acabar atropellando a un peatón a las afueras de New Haven. La policía lo llevó al hospital para que lo examinaran, rutina bastante común para un chico de dieciocho años a quien nadie deseaba empujar al sistema criminal.

—¿Sabes por qué robaste esos coches? ¿Te sentías disgustado por algo? —le preguntó Raj en cuanto se presentó ante él. El chico estaba de buen humor. Había flirteado con la mitad de las enfermeras y Joanie le había comprado una Coca-Cola. Era alto y delgado, con unas facciones atractivas que asomaban bajo una mata de cabello negro despeinado.

—¿Tienes un poco de ron para echarle a esto? —le preguntó a Joanie, que sólo le había contestado con una sonrisa afectada. Era un seductor nato.

Bobby T. respondió a la pregunta de Raj encogiéndose de hombros.

—Necesitaba un coche. Iba a devolverlo. —No parecía estar preocupado por encontrarse en apuros, y mucho menos por mentir. Lo cierto era que cuando a uno de los siete coches se le acababa la gasolina, lo dejaba tirado en la cuneta y robaba el siguiente.

Raj estaba pensando qué escribir para que aquel chico pareciera un adolescente confuso que había perdido el control de forma temporal, cuando Bobby T. le dijo:

—Si lo piensas bien, esta situación es muy curiosa.

—¿Qué quieres decir? —preguntó Raj.

—Podría salir de la habitación y decir que me has tocado…, ya sabes. Me apuesto algo a que me ayudaría a largarme de aquí. —Bobby habló con tranquilidad, incluso con un tono de diversión en la voz.

—Tienes razón, es muy curioso —admitió Raj con cautela. Su primer pensamiento fue que Bobby T. mostraba signos de haber sido víctima de abusos sexuales en el pasado, algo que a los chicos en particular les resultaba muy doloroso reconocer—. Pero ya sabes que estoy aquí sólo para ayudarte, ¿verdad?

—Supongo que sí. Eres bastante joven, ¿no? Y pareces diferente a los otros médicos. Hay algo especial en ti. —Ahora, Bobby T. sonreía. Raj se esforzó por no revolverse en la silla. Los psicópatas tienen un instinto increíble para las debilidades de los demás. Enseguida se hacen con el poder y no sienten ningún remordimiento por utilizar esas debilidades en su propio beneficio, sin importarles a quién hacen daño.

—Eres una persona de muchos recursos —manifestó Raj intentando cambiar de tema—. Por lo que veo, conseguiste que varios camioneros te llevaran, y algunos incluso te dieron dinero, ¿no es así?

No consiguió engañar a Bobby T.

—Si estuviera en tu pellejo, me sentiría muy incómodo en estos momentos. Si puedo sacarles pasta a unos camioneros estúpidos, ¿quién sabe lo que podría sacarte a ti? —Se calló para que sus palabras hicieran mella en Raj—. Sería una gran ayuda si escribieras que necesito terapia o lo que sea. Además, sabes que es verdad.

El truco no dio resultado. Raj salió de la habitación tras anotar en el expediente del chico sus tendencias psicóticas, y a Bobby T. se lo llevaron arrestado a algún lugar. No obstante, Raj estaba casi seguro de que, si no hubiera interrumpido la entrevista, Bobby T. habría gritado que el doctor lo había tocado. Lo último que Bobby dijo fue:

—Realmente parece que tengas un picor que necesitas rascarte, tío.

La misteriosa impresión de que había dado con un punto clave persiguió a Raj durante el resto del día. Si un psicópata podía ser tan perceptivo, entonces quizá muchos pacientes sabían más de lo que dejaban ver. ¿Podía obtenerse algún beneficio de esto? No, a menos que consiguiera que dejaran de fingir que no se enteraban de nada.

Raj sorprendió a todos los presentes durante la reunión semanal del personal.

—Necesito algunos voluntarios para un experimento —anunció.

—Está de broma —contestó Mathers, que sabía que Raj no estaba de acuerdo con la terapia de medicación que aplicaban en el hospital—. ¿Qué quiere hacer, medicar a todos los crónicos con Midol y galletas?

Varios de los presentes se rieron con ganas ante este comentario.

—No va muy desencaminado —manifestó Raj.

Se estaba haciendo famoso por reducir con éxito la medicación de algunos pacientes crónicos e incurables de la planta. Algunos de los esquizofrénicos hacía meses o años que no hablaban. Se sentaban durante horas sin apenas moverse y tenían que llevarlos de la mano al comedor. Durante las sesiones de terapia no mostraban más reacción que una planta y sus familias los tenían allí prácticamente en depósito hasta que se les acababa el dinero, entonces los trasladaban al hospital estatal. Todo el mundo sabía que aquellos robots semihumanos se encontraban en aquel estado a causa de la medicación. Sus síntomas psíquicos estaban tan enmascarados que era posible que ya no estuvieran locos, sino sólo drogados. No saber la diferencia era el precio que se pagaba para que estuvieran tranquilos. Unos cuantos habían empezado a volver a la vida cuando Raj simplemente redujo sus dosis a la mitad.

—Hoy no estoy pensando en la medicación —siguió Raj—. Me gustaría tratar a unos cuantos pacientes que no mejoran, pero que tampoco muestran síntomas manifiestos de forma continua. Necesitan una motivación para salir de aquí. Muchos de ellos nunca saldrán porque la vida en esta planta es fácil. Es como aislarse de la realidad con tres comidas al día y gente amable que los baña.

—Ya sabe usted que esas personas están en tratamiento —indicó Clarence. Pero Raj, que sostenía en alto una hoja de papel, no se interrumpió.

—He confeccionado una lista con todos los sentimientos que nuestros pacientes no expresan. Es una lista larga, porque la mayoría no siente mucho más aparte de depresión y cólera. Como todos sabemos, los pacientes esconden sus sentimientos. Con frecuencia, utilizan su cuerpo para convertir esos sentimientos en malestar y dolor físico, y las palabras para protegerse cuando les hacemos preguntas sobre cuestiones emocionales.

Nadie parecía interesado. Raj se detuvo y miró a su alrededor.

—Percibo resistencia, de modo que seré breve. Si alguien está interesado en acercarse a alguno de los pacientes, que venga a verme más tarde.

—La resistencia no es una buena razón para detenerse —intervino Clarence—. Es la razón por la que continuamos. No creo que nadie de los presentes se ponga a gritar porque intente abrir un poco nuestras mentes. ¿Cuál es su idea exactamente?

Raj no tenía nada que perder.

—De acuerdo —siguió—. Nos reunimos con el paciente en un rincón soleado de la sala de día, en un lugar desde el que se pueda ver el mundo exterior. Entonces lo tentamos con la posibilidad de estar ahí fuera otra vez. Uno tendría que ser un médico, pero también quiero que haya una enfermera, y si el paciente es un hombre, mejor que sea una enfermera por la que se sienta atraído. Algunos de esos pacientes no tienen ningún aliciente en su vida, mientras que nosotros sí. Forma parte de ser normal. Hagamos que les circule la sangre. Y en lugar de escucharlos gimotear, resistirse y fingir, no terminaremos la sesión hasta que expresen al menos una emoción de las que temen mostrar. Por último, y sé que esto supondrá un cambio radical para alguno de mis colegas, les diremos que nosotros también experimentamos esos sentimientos.

Ahí estaba, por fin lo había dicho. Los rincones soleados y las enfermeras atractivas eran una cosa, pero el médico nunca debía perder el poder delante de un paciente. Todo el mundo lo sabía. Ésa era la verdadera razón por la que no hablaban a los pacientes de su vida personal. Nada de lágrimas ni sonrisas, nada de intercambiar los números de teléfono y las direcciones, ni una señal de a quién amabas o quién te había herido.

—Se pondrán cachondos al creer que está enamorado de ellos —observó Mathers.

—Eso si tiene suerte —añadió otro residente—. Los maníacos lo violarán en el pasillo.

—La parte de las enfermeras atractivas es una porquería sexista —agregó una de las enfermeras.

Raj dedujo, de todos los sabios argumentos que se esgrimieron respecto a mantener las distancias con los pacientes por su bien, que básicamente tenían miedo. El poder era su escudo. Era el otro lado de la moneda en la relación con los pacientes, para quienes su escudo era la debilidad. Todos los de la mesa lo sabían, pero en lugar de facilitar el debate sobre aquella cuestión, se atrincheraron en sus mentes y ofrecieron mil razones que avalaban que el sistema, a pesar de ser imperfecto, era el correcto.

La semana siguiente, Raj se sorprendió cuando Joanie se acercó a él.

—Quiero ser tu primera enfermera —dijo—. Para el experimento.

—Creí que mi sugerencia había sido rechazada —repuso Raj.

—No, acabo de consultarlo con uno de los supervisores. Puedes intentarlo con algunos pacientes; bueno, si todavía quieres. —Parecía hablar en serio y, por lo que Raj pudo deducir, no intentaba cautivarlo ni seducirlo de ningún modo.

—Estás contratada —declaró Raj. Joanie sonrió y lo rozó de forma accidental cuando se alejó por el pasillo. Raj pensó que tenía que aceptar a las personas tal como eran.

Unas horas más tarde, Claudia Klemper se encontró junto a la ventana que daba al este de la sala de día, desde la que se vislumbraba un magnífico arce que amarilleaba a la luz del sol.

—¿Qué demonios es esto? —preguntó.

—He pensado que sería más agradable celebrar la sesión aquí en lugar del oscuro despacho —explicó Raj. Él y Joanie se sentaron en unas cómodas butacas que trajeron del vestíbulo. Raj ofreció otra a Claudia, quien la miró como si le hubieran dicho que se sentara en una barracuda—. Digámoslo de este modo —continuó Raj—: no puede hacernos daño sentarnos en un lugar alegre, ¿no cree?

—¿Lo dices por todas las malditas razones que tengo para estar alegre? —refunfuñó Claudia—. ¿Como que mis hijos me hayan ingresado en esta casa de locos y no vengan nunca a verme?

De todos modos se sentó. Raj tenía la lista encima del expediente de Claudia. Y aunque sería fácil eliminar los sentimientos de cólera, rabia, hostilidad y cualquier otro sinónimo de estar absolutamente furioso con el mundo, Claudia nunca había mostrado ninguna de las otras emociones, salvo, quizá, la autocompasión. Aceptaba sin problemas el papel de víctima martirizada y casada con un hijo de puta que la engañaba un mes sí y al otro también.

—¿Cómo se siente esta mañana? —preguntó Joanie.

—¿Cómo te sientes tú, cariño? —le soltó Claudia—. ¿Dispuesta a meterte en los pantalones de algún médico?

Joanie no se ruborizó.

—No en este momento —respondió con frialdad—. Me he tomado el día libre.

«Buena respuesta», pensó Raj. Decidió entrar en materia de inmediato.

—¿Joanie le recuerda al tipo de mujeres que se meten en los pantalones de Stanley? —Claudia abrió más los ojos y contestó tartamudeando.

—Probablemente —masculló—. Si tiene suerte.

—Me imagino cómo se debe de sentir cuando una de esas zorras le pone las manos encima —dijo Raj y contuvo el aliento. No quería precipitar a Claudia al conocido terreno de la rabia, pero esperaba que exteriorizara aquellos sentimientos que no estuvieran ocultos y enterrados de forma irreparable.

—No lo sé —titubeó Claudia.

—Sí que lo sabe —la animó Raj—. Es medianoche y está apagando las luces de la casa. Sabe que Stanley no va a volver hasta la mañana. Por mucho que intente evitarlo, en su mente se forman imágenes de él con alguna mujer. ¿Cómo se siente? —Hubo un silencio. Claudia se agitó en la butaca mientras sus ojos contemplaban el imponente árbol que se erguía como un centinela en un mar de belleza que no significaba nada para ella.

—Sola, así es como se siente —intervino Joanie con voz aguda. Su vehemencia hizo que Claudia casi saltara del asiento.

—Eso es lo que siento y, cuando empiezo a sentirme así,

odio a esas zorras para no pensar en lo sola que estaré a partir de ese momento sin él.

Raj sabía que era ahora o nunca.

—La soledad es mucho peor que el enfado, porque éste se puede controlar. Tiene algo a lo que agarrarse. Cuando mi primera novia me dejó por una estrella del baloncesto sin ni siquiera telefonearme, me sentí tan mal que lloré durante días. Creí que nunca más volvería a salir con alguien.

Claudia se quedó boquiabierta. Su temblorosa mandíbula, literalmente colgando, apenas le permitía boquear. Entonces empezó a llorar. Era la primera vez que alguien veía a la enorme bestia de su dolor y su abandono surgir de la maleza. Su propia reacción la tomó por sorpresa. Grandes lágrimas le caían por las mejillas y no hacía nada para enjugarlas. Sus sollozos eran tan fuertes que no podía hablar, y después de cinco minutos, Raj y Joanie le dieron la mano y la sostuvieron hasta que recobró la serenidad. Parecía destrozada, pero también, de un modo extraño, contenta. La bestia había atacado, pero no la había devorado.

—¿No ha sido increíble? —exclamó. Incapaces de contenerse, los tres rompieron a reír. Claudia miró a Raj, quien no disimulaba que también estaba al borde de las lágrimas. Si Claudia no se hubiera sentido tan abrumada, su mandíbula habría caído otra vez al verlo en aquel estado—. No lloro delante de Stanley, no de este modo —murmuró.

—¿Quién le dijo que no debía llorar de esta forma? —preguntó Raj, que quería aprovechar aquella apertura antes de que desapareciera bajo la marea de defensas que volvería a subir en cuanto se recuperara.

Claudia parecía sobresaltada y muy asustada.

—Alguien debe de haberle enseñado que sus lágrimas no valen la pena, que los demás nunca cambiarán por mucho que la hieran. Y por eso juró que nunca mostraría su tristeza

—dijo Raj. Le había tocado la fibra adecuada. Claudia rompió a llorar otra vez, en esta ocasión con mayor desconsuelo y más lágrimas. Joanie asintió con la cabeza mirando a Raj en señal de reconocimiento. La señora Klemper era hija de un hombre próspero y atractivo que engañaba a su esposa. Al final, tras numerosas aventuras que ésta había pasado por alto, el padre se marchó, y la madre de Claudia se sumergió con su hija en una fantasía de venganza eterna. «No se trata de hacer de Sherlock Holmes —dijo Halverson al grupo una vez—. Se pueden descubrir las causas del sufrimiento de alguien en cinco minutos. Lo difícil es conseguir que vuelvan atrás y reaccionen ante esas causas de una forma que nunca se les había permitido.»

El resto de la sesión de Claudia la pasaron sentados sin decir nada. Cuando su llanto convulsivo cesó, tembló un poco. Raj se alegró de haber aislado aquella esquina de la sala de día con una mampara portátil del departamento médico. A pesar de ello, sentía un murmullo de curiosidad al otro lado. Otro tabú violado, pues se suponía que los pacientes no podían tener ni la más ligera idea de lo que ocurría en las sesiones de los demás. Raj esperaba ser objeto de más oposición, pero de momento, estando allí sentado viendo cómo Claudia se sonaba, se sintió triunfante.

Más tarde, Joanie lo abrazó antes de regresar a sus obligaciones.

—Has dado un buen mazazo —le elogió—. En mi opinión, a esta ostra la has abierto del todo, del todo.

—Esperemos que así sea —dijo Raj.

Al día siguiente de la sesión con Claudia, Raj fue admitido en el programa para residentes. Como premio se tomó las primeras vacaciones desde que se había incorporado al departamento de psiquiatría. En la última página de la sección de viajes del *New York Times* Molly encontró uno de esos cruceros que no van a ninguna parte, un circuito costero de tres días que salía de Nueva York en dirección norte y regresaba. Champán, un camarote que daba a cubierta y opíparos bufetes de medianoche con esculturas de hielo.

—Mañana tendré remordimientos, pero mi suplente se morirá de gratitud —manifestó Molly.

—Valdrá la pena hasta el último penique. Además, no quería llevarme todo el mérito —bromeó Raj, pues sabía que estaba huyendo de las ondas expansivas que su nuevo sistema podía provocar en la planta. Con toda seguridad, alguien llamaría a la mejora repentina de la señora Klemper una «cura de transferencia temporal», es decir, que se sentía mejor porque se había enamorado de su médico, y todos sabían que esas curas no duraban mucho. Raj quería sentirse como un hacedor de milagros durante tres días enteros.

Tras decidir que definitivamente irían de viaje juntos, hicieron el amor. Esta vez también fue diferente. Raj fue más consciente que nunca de la piel de Molly, de la flexibilidad de sus movimientos debajo de él, pero en esta ocasión ella se alzaba para acogerle, y cada vez que lo hacía dejaban atrás momentos sombríos. La presión de sus afiladas uñas en su pecho lo excitó más que nunca: antes sólo había sentido el dolor, que tenía que superar. Permitió que Molly se abandonara tanto como quisiera. Ella no le dijo que lo hicieran a su manera; sin embargo, fue ella quien marcó la pauta.

Hubo un momento en que Molly dejó de estar a su alcance otra vez, como si él ni siquiera estuviera allí. Sin ser consciente de que lo hacía, Raj la dejó ir. Cortó la cuerda que la había mantenido desesperadamente unida a él en todo momento, como si ella fuera la madre y él el hijo ansioso. Y al dejarla en libertad, no la perdió, sino que encontró algo nuevo, un lugar donde la inmensidad los abrazaba a ambos y les decía: «Ya no sois él y ella. Ahora sois algo más.»

Cuando por fin embarcaron en el elegante transatlántico blanco, que tenía tres piscinas y seis pisos de lujosos restaurantes tipo Las Vegas que daban a un atrio acristalado, todavía se sentían muy unidos. El viaje era triste y llamativo al mismo tiempo. Salvo ellos dos, todos los pasajeros parecían tan viejos como el esquizofrénico más antiguo del departamento de psiquiatría. Una dama anciana con enfisema y una bombona de oxígeno portátil, se sentó en su mesa y les dijo con un tono de disculpa en la voz: «Espero no molestarlos. No hablo mucho, pero todavía como.» El tiempo era el típico del Atlántico Norte en otoño, un mar agitado color gris asfalto bajo un manto de bruma. El perfil luminoso de la costa de Maine apareció ante sus ojos con sus llamativas luces naranjas para desaparecer tras la niebla un instante después.

Todo, incluida la bombona de oxígeno portátil, parecía encantado. La asmática vieja dama comía despacio y hablaba muy poco. Raj sentía deseos de inclinarse por encima del plato de crema de langosta y decirle que se pondría bien, pero no tenía ningún derecho a contagiarle su optimismo. Serían falsas esperanzas.

Al segundo día, la dama se puso de pie de repente y recogió con una mano la servilleta y los cubiertos.

—No es bueno para mí relacionarme demasiado con parejas en luna de miel. Yo soy una solterona —anunció—. Vivo en una casa blanca, grande y vacía que mi padre me dejó en Vermont. Él dirigía la última tenería de la ciudad. Aunque probablemente no sepan qué es.

—No estamos de luna de miel —objetó Raj.

La vieja dama se quedó perpleja.

—Siempre lo acierto —dijo.

Molly cambió de tema.

—¿Así que viene a estos cruceros con frecuencia?

—Unas cinco veces al año. Cuando la casa se me cae encima. —La anciana soltera seguía en actitud de irse.

—¿Tantas? Entonces, en cierto modo, está casada con el mar —dijo Raj en tono alentador.

—Eso es muy poético, pero la poesía no me levanta el ánimo —manifestó ella—. Necesito estar con gente que se queje mucho, con desconocidos. Eso me suele funcionar. Entonces, al regresar a casa puedo olvidarme de ellos. —Ya estaba alejándose, de no ser así le habrían advertido de que no tenía por qué llevarse los cubiertos a la otra mesa.

—¡Qué extraño! —exclamó Molly.

Raj se la imaginaba en su camarote, demacrada y jadeando, con los pulmones en peor estado debido al aire frío y húmedo. Se preguntó si alguien la habría querido o si era lo que quedaba del antiguo cariño de alguien, de un pretendiente que tuvo suficiente valor para cortejar a la hija del hombre más rico de una ciudad pequeña, sin importarle lo arisca que fuera.

—Me imagino que siempre ha estado sola —dijo Molly—. Ésa es la impresión que da.

—¿Siente que no es lo suficientemente adorable? —preguntó Raj.

—No es eso. Las personas no encuentran el amor porque sean adorables.

—¿Por qué, entonces?

—Amas a las personas a las que has prometido amar. Cuando las encuentras, cumples con tu promesa. Ella no se lo prometió a nadie. —Sus últimas palabras sonaron muy tristes, pero Molly no parecía afectada.

—De modo que eligió estar sola y todo el mundo lo ha respetado durante setenta años —dijo Raj. Las ideas de Molly le provocaban curiosidad, pero todavía lo ponían nervioso.

—Más o menos. Si no hemos hecho promesas a otras personas, no se dan cuenta de nuestra presencia. No se sienten atraídas —explicó Molly.

—¿De modo que crees que algunas personas rechazan ser amadas a propósito? —preguntó Raj.

—¿Por qué no? Si el amor fuera algo automático o forzado no sería amor, ¿no crees? No digo que su decisión fuera la correcta. ¿Quién podría saberlo? Si ella no quiso prometerse a nadie, estaba en su derecho. Tendrá más oportunidades en su próxima vida.

Raj quería preguntarle cuándo y dónde hacían las personas esas promesas y cómo se elegían los unos a los otros. Además, ¿qué ocurría con los amores desgraciados o con los matrimonios que languidecían con frialdad e indiferencia? Pero Raj no formuló estas preguntas. Quería creer que Molly se refería a una promesa que le había hecho a él.

Pocas horas antes de llegar a puerto el barco abandonó el mar abierto y entró en las aguas resguardadas de la costa de Long Island. Desde cubierta vieron velas blancas y los brillantes destellos de la luz del sol sobre las olas. El viento todavía era frío, de modo que se apretujaron el uno contra el otro junto a la barandilla. Raj sentía que su curiosidad no estaba satisfecha.

—¿Algunas promesas son para siempre? —preguntó.

—Es posible —contestó Molly despacio, como si se tomara la pregunta muy en serio—. Puede ser que una promesa sea para siempre. Nadie lo puede asegurar, ¿no crees? Nadie ha vivido eternamente. Tendríamos que tener en cuenta el aburrimiento y el cansancio. Las personas también se desgastan. Sería espantoso comprar un par de zapatos con una garantía de por vida.

—Para un hombre, no; no sería espantoso.

—No me he expresado bien —continuó Molly—. Una

promesa no es un contrato con tu nombre al final, ni un acuerdo vinculante, sino algo distinto. Dura mientras mantiene viva tu alma.

—Y eso nos ocurre a nosotros —dijo Raj—. Así es como estamos ahora.

Sin responder, Molly lo besó. A continuación extendió su amplio chal por encima de los hombros de ambos. Raj se sintió satisfecho. Quería creer en las señales que percibía mientras hacían el amor y cuando simplemente estaban juntos. No quería que su amor tuviera un futuro, sino que ese mismo intenso presente no tuviera fin.

El barco atracó tarde y Raj empezó su turno nada más desembarcar. En el hospital se había corrido la voz de la impresionante mejoría de Claudia. En las miradas se reflejaba un nuevo respeto, al menos en las de los pocos con los que se cruzó mientras estuvo de guardia.

—Impresionante —le dijo Habib. Y lo dejó así. Joanie renunció a sus flirteos con los internos, lo cual, en ella, era una señal más importante que el hecho de que la señora Klemper ya no lanzara latas de café. A pesar de los habituales estallidos de cólera nocturnos de los pacientes, Raj se sentía bien. Había regresado a un reino pacífico.

El único indicio de perturbación llegó unos días más tarde, cuando Molly le dejó una nota en la puerta en la que le pedía que la llamara. Raj marcó su número preguntándose por qué sencillamente no le había dejado un mensaje en el contestador. Pero no pasaba nada. Más o menos.

—He de volar mañana a California —le anunció Molly—. Tengo un asunto en Los Ángeles. No quería decírtelo hasta que fuera seguro.

—¿Quieres contármelo ahora? —le preguntó Raj. Hubo una pausa al otro lado de la línea.

—Por favor, no me presiones en esto, Raj. Tengo dolor

de cabeza y no quiero discutir. Es algo que tengo que hacer, eso es todo. —El tono de Molly era práctico, nada misterioso o tenso. Simplemente le pedía a Raj que no insistiera, y él no lo hizo. Pareció aliviada de que «el asunto de Los Ángeles» no se convirtiera en un tema de discusión, aunque Raj estaba muy cerca de considerarlo de este modo.

—Llámame cuando llegues al aeropuerto y cuando aterrices. Así no me preocuparé —le pidió Raj. Su horario no le permitía acompañarla al aeropuerto Kennedy.

A la mañana siguiente, Raj apenas se dio cuenta de que se hacía de día. La sala de urgencias era un zoo: de un silencio sepulcral pasaban a una caótica cura de traumatismo en cinco minutos. Raj se inclinaba sobre una mujer que sangraba debido a un atropello con fuga en la avenida Amsterdam. Un estudiante de medicina extraía trozos de cristal de la piel de la mujer en el otro lado de la camilla. A Raj lo habían llamado porque tenía alucinaciones. Veía ángeles en la sala de urgencias.

—¿Están aquí en este mismo instante? —le preguntó Raj.

—Mantén alejada la ira —gimió la mujer. Apenas podía hablar con coherencia a causa del dolor. El teléfono de la pared sonó.

—Creo que deberías inyectarle otra dosis de morfina, Demerol o lo que le hayas dado —le indicó Raj al estudiante de medicina—. Si no, no podrá decir nada lógico. —Sospechaba que las alucinaciones estaban provocadas por la conmoción y el dolor, no por un desequilibrio mental.

—No puedo darle una sobredosis. Tiene cristales por todas partes —refunfuñó el estudiante. El teléfono seguía sonando, de modo que Raj levantó el auricular.

—No es eso lo que te estoy pidiendo —replicó. En aquellos momentos la mujer chillaba tan fuerte que Raj apenas pudo oír lo que le decían por el teléfono.

—¿Cómo? ¿Quién ha muerto? —Las palabras que oía no tenían sentido—. ¿Es una paciente mía? —Le repitieron la noticia—. De acuerdo, enseguida voy —contestó Raj. La noticia era tan increíble que no pudo comprender su significado, del mismo modo que nadie podría comprender que se acabara el mundo—. Gracias por llamar.

Tras colgar el auricular, Raj retrocedió unos pasos hacia la camilla, donde la mujer rogaba a los ángeles que la dejaran morir.

—Estese quieta, no falta mucho —la tranquilizó el estudiante de medicina.

Raj se quedó inmóvil mientras una parte de su cerebro empezaba a asimilar la noticia. La expresión de su cara hizo que la mujer dejara de gritar.

«Encontramos su nombre en el bolso. También hemos llamado a sus familiares más cercanos. Mary Mahoney. ¿La conoce? Hubo un incidente en el aeropuerto. Perdió el conocimiento en la cola de la ventanilla. El servicio médico de urgencias se la llevó de inmediato en una ambulancia, pero era demasiado tarde. Ingresó cadáver. El administrador dice que si desea verla puede usted dirigirse al Bellevue. Lo siento.»

Si los tres días siguientes avanzaron en el tiempo, retrocedieron o ni siquiera transcurrieron, no tuvo importancia. Una plancha de plomo había caído sobre los sentidos de Raj y nada valía la pena excepto el deseo imposible con el que se despertaba cada mañana; el deseo de que nada hubiera terminado, ni Molly, ni él y ella juntos ni las cosas que los unían. Los que lo querían intentaron arroparlo en los tiernos brazos de su cariño. Los médicos hablaban de un tipo raro de arritmia que se da en mujeres jóvenes aunque no sean propensas a los ataques de corazón. ¿Había notado que le faltara el aliento al subir las escaleras? Incluso una sola vez habría constituido un síntoma, pero ¿quién se habría dado cuenta?

No importaba quién fuera o lo que hicieran. El amor y la muerte habían acosado a Raj con una astucia infinita. Pero ¿con qué propósito? ¿Para aniquilarlo o simplemente para demostrarle que las dos hermanas, una delante y la otra un paso atrás, respondían al mismo nombre?

Molly.

SEGUNDA PARTE

LAS LECCIONES DEL AMOR

7

El amor no es algo que tú sientes. Es en lo
que te conviertes.

Diario de RAJ RABBAN

El cuerpo de Molly se expuso en la capilla funeraria a las
seis de la tarde. Llevaba un traje de noche negro y unos zapatos de piel de tacón alto que Raj había traído. La empleada de
la funeraria se quedó perpleja unos instantes cuando Raj le
tendió la ropa. Entonces Raj pensó vagamente que a las mujeres no se las entierra vestidas de fiesta. Era lo primero que
había encontrado en el armario de Molly, el corazón palpi-
tándole de forma incontrolada.

—¿Puedo verla? —musitó Raj. La empleada de la funeraria negó con la cabeza y le dijo que no era un buen momento.

La funeraria estaba sólo a unas manzanas, pero le enviaron
una limusina para recogerlo. Cuando Raj entró reinaba el silencio. Se sorprendió al ver a papá ji y a amma en la cuarta
fila. Antes de que Raj se hubiera armado de valor para hablar
con ellos, Maya les había contado que habían roto. Se sintieron desolados; sin embargo, tras contarles Raj algunas cosas

de Molly, habían hecho lo posible por aceptar la nueva situación. Pero fue inútil. Mencionaban el nombre de Molly tan pocas veces que Raj dedujo que la rechazaban, así que se emocionó al ver que su pérdida les había dolido tanto que habían decidido asistir al funeral.

Los padres de Molly, los Mahoney, no conocían a Raj. Habían venido en avión desde el Medio Oeste. No había más familia en el primer banco. Como Raj y Molly habían mantenido su relación con tanta discreción, a Raj no se lo consideraba un miembro de la familia, ni siquiera un amigo cercano. Los padres de Molly no parecían muy abatidos, como si se hubieran propuesto no demostrar sus sentimientos. Estaban muy rígidos, mirando al frente con fijeza. Debió de ser decisión suya avisar a un sacerdote católico. Raj se dio cuenta de que su padre se ponía tenso en el banco de madera al empezar la misa. Su madre, que vestía un sobrio sari gris, parecía más perdida y vulnerable de lo que la había visto nunca.

«En el mundo animal, la mujer es la única criatura cuyo rostro puede hacer añicos el corazón de alguien», pensó Raj. Esto era cierto en el caso de Molly, y también lo había sido en el de su madre, cuando era joven y hermosa. Y todavía lo era, aunque de un modo distinto.

La falta de sueño hizo que a Raj le pareciera que la ceremonia transcurría a cámara lenta. Palabras sin sentido zumbaban en sus oídos. Al final se acercó al ataúd.

—Sé que no te has molestado en acudir a este pequeño acontecimiento —susurró Raj—. Tu público tampoco.

Sacó del bolsillo una gardenia de seda arrugada que había ido a parar bajo su cama después de una fiesta, y la colocó sobre el ataúd. La superficie curva de la tapa hizo que la flor se deslizara y cayera al suelo. Raj se alejó sin recogerla.

Durante la semana siguiente, cualquier cosa podría haber ocurrido. Raj estaba tan conmocionado que no podía conciliar el sueño. Contemplaba el televisor con mirada ausente hasta que, completamente exhausto, caía dormido. Incluso entonces tenía sueños que parecían pertenecer a otra persona. En uno de ellos, los Mahoney acudían a su apartamento.

—Hola, Roger. ¿Estás aquí? Pensé que estarías —saludó el señor Mahoney—. Nos estamos recuperando del pequeño incidente con bastante rapidez, ¿verdad?

—No —dijo Raj—. No es cierto. —El padre de Molly sostenía un pequeño objeto de plata que Raj no pudo identificar.

»No me ha telefoneado, señor Mahoney —refunfuñó Raj, a quien de repente se le había secado la garganta.

—Comunicabas. Supongo que ya has encontrado a otra persona con la que charlar —dijo el padre de Molly.

—En estos momentos, Jack está un poco trastornado. Te he traído comida —informó la señora Mahoney. Le tendió una fuente de lasaña envuelta en papel de aluminio. Todavía humeaba y olía a queso caliente.

El padre de Molly empuñó lo que resultó ser una pequeña pistola y apuntó a Raj con el corto cañón de plata.

—La he cocinado sin carne. Los indios coméis la lasaña sin carne, ¿verdad? —preguntó Janice.

La pistola se disparó sin emitir ruido. De no ser por la nube de pólvora azul quemada, habría dicho que se trataba de un juguete. Raj se despertó con un sobresalto. Notó cómo una única gota de sudor frío resbalaba desde su axila hasta la cinturilla de algodón de sus calzoncillos, lo cual le indicó que estaba sentado. Salvo por el resplandor de la pantalla del televisor, todo estaba a oscuras. Se puso de pie y, justo en ese momento, un perro ladró en la calle. Raj se encaminó hacia la pared donde estaba el interruptor de la luz, pero tropezó con un taburete que surgió de ninguna parte. Se golpeó la frente contra el suelo, junto a la raída alfombra. Tardó unos instantes en volver a ponerse de pie y, cuando lo hizo, era todo adrenalina.

—¡Ya está bien! —chilló a pleno pulmón, y su voz se convirtió en un grito agudo—. ¡Que no se mueva nadie más! —Alcanzó el interruptor a tientas y encendió la luz. Parte de su miedo se había atenuado, pero su cuerpo, mal alimentado y desatendido durante demasiado tiempo, empezó a estremecerse con violencia.

»Tienes que acabar con esto —se dijo a sí mismo. Se vistió y salió a toda prisa.

Después de comer y beber, alrededor de las once, apareció en el hospital.

—Quiero volver a mi turno —le dijo a Clarence, que lo miró sorprendido—. Nadie tiene que preocuparse por mí. Estoy bien a pesar de que no duermo. No me pregunte cómo lo hago. ¿Se han hecho estudios sobre este tema?

Clarence ni siquiera consultó el horario.

—Esta semana su puesto está cubierto —le informó en tono amable—. Vuelva a casa y recupérese.

—Ya he estado en casa y es aquí donde debería estar —insistió Raj—. Necesito tocar de pies al suelo.

Clarence enarcó una ceja.

—Las cosas por aquí no son tan reales, ya lo sabe —aseveró.

—¿Comparadas con qué? —En la voz de Raj se reflejó una súplica repentina—. Siento que, fuera de aquí, no tengo otras posibilidades. Simplemente, me dejaría ir y no regresaría. Yo..., cielos, no lo sé. Podría irme a algún lugar del que no volvería.

—¿Está seguro de lo que dice o sólo teme que pueda suceder? —preguntó Clarence.

—No lo sé —dijo Raj.

—Comprendo. ¿Quizá piensa que Molly no está muerta?

Raj se quedó estupefacto. Clarence llevaba treinta y seis horas de guardia. Gruesos mechones de cabello negro salían disparados de su cabeza en distintas direcciones. Agotado o no, detrás de las gafas su mirada reflejaba agudeza.

—No se sorprenda si oye su voz o la ve en medio de una multitud —prosiguió Clarence—. Los pacientes que han pasado por una operación a corazón abierto ven hombrecillos verdes que suben por sus piernas en la sala de recuperación, aunque yo diría que usted no sufre una conmoción.

—¿Por qué no?

—Porque me ha encontrado. Las personas que están en estado de *shock* están más desorientadas. ¿Usted cree que lo está?

—Yo… —Raj no encontró una respuesta.

La muerte lo había tocado en un lugar con el que no estaba familiarizado y no sabía cómo reaccionar. Desde que le dieron la noticia sentía como si en todo momento tuviera una fría garra clavada en el corazón. Clarence esperó. Dijera lo que dijera Raj, no iba a mostrarse sorprendido, pero tampoco sería indulgente. En aquellos momentos la verdad era lo más bondadoso que podía decirle.

—No quería ir al funeral —confesó Raj.

—Porque entonces sería más difícil mantener su mágico secreto: que no está realmente muerta. ¿La van a incinerar? —preguntó Clarence.

Raj asintió. La pregunta le pareció una violación espantosa. Le trajo a la mente una imagen que no pudo soportar más de una fracción de segundo: un hermoso cuerpo en llamas.

—Entonces, ¿qué cenizas se llevará a casa? —preguntó Clarence—. Responda.

—No lo sé. Las familias indias no se llevan las cenizas a sus casas. Trae mala suerte —masculló Raj.

—Está esquivando la pregunta.

Raj sintió que se le hacía un nudo en la garganta y no pudo responder. Sin embargo, Clarence estaba satisfecho.

—Su estado me parece normal. Esta clase de dolor es lo peor por lo que va a pasar en su vida. Quizá no llore durante un tiempo. Al menos no el llanto catártico que necesita. Suele aparecer en los momentos más extraños. La mención de sus cenizas, hace un momento, casi lo provoca. —Raj asintió con la cabeza.

Clarence reflexionó unos instantes y dijo:

—Aneurisma cerebral congénito.

—¿Cómo? —preguntó Raj.

—Casi nadie logra diagnosticarlo hasta que se produce la rotura. Puede ocurrir en cualquier momento. ¿Su novia mostró algún síntoma?

—Tenía dolor de cabeza y luego murió —dijo Raj.

Clarence asintió.

—Si yo estuviera en su lugar, querría conocer todos los detalles, aunque quizá su mente no funcione como la mía. —Clarence sabía que Raj era de la misma opinión y que, con el tiempo, los hechos le servirían de consuelo. Raj contempló la habitación de azulejos verdes y la luz cruda de los parpadeantes fluorescentes.

—¿Qué hago si regresa?

—¿Si…? Lo hará. Forma parte del proceso natural del dolor.

—Pero ¿qué tengo que hacer?

—Yo le aconsejo que hable con ella. No le hará ningún bien negar esa experiencia o rechazarla. Intente salir adelante poco a poco. Haga lo que sea preciso.

Raj esbozó una triste sonrisa.

—¿Es por esto por lo que dicen que la psiquiatría es una mierda? —preguntó.

—Haga callar a la parte psíquica de su mente —aconsejó Clarence—. No puede ser su propio psiquiatra. Nadie lo es. Y, por si le sirve de algo, de verdad siento su pérdida.

—Gracias —dijo Raj. La mano imaginaria que le estrujaba el pecho empezó a relajarse.

Noviembre trajo las primeras nieves, de la clase que permanece en el suelo el tiempo suficiente para ensuciarse. Raj no atendió pacientes durante los quince días siguientes. Los que estaban peor no habían notado su ausencia, pero el resto le lanzaba miradas de resentimiento. Le sirvió de ayuda que la psiquiatría fuera una profesión pasiva. Todo lo que tenía que hacer era escuchar… o hacerlo ver. Como la mayoría de los pacientes de la planta no quería enfrentarse a sus problemas, no les importaba que Raj simplemente entrara y saliera de la consulta. En los pasillos, las enfermeras agachaban la cabeza y le decían que lo sentían. Raj ponía un pie delante del otro y se sentía tan vacío y descarnado como un hueso.

Transcurrió casi una semana antes de que se acordara de Sasha Blum. La llamó por teléfono. Dos llamadas, tres, cuatro. No obtuvo respuesta ni saltaba un contestador. Raj revisó otra vez su expediente para asegurarse de que el número era el correcto. Después de llamar por segunda vez sin resultado, telefoneó a Maya.

—¿Diga?

—Soy Raj. Espero que no te importe que llame así, de repente.

—¿Qué ocurre? —El tono de su voz era neutro. No había ninguna razón para pensar que supiera lo de la muerte de Molly.

—No consigo encontrar a Sasha y me preguntaba si tú la habrías visto —le explicó Raj.

Escuchar la voz de Maya lo afectó. Ella permanecía en un lugar de su interior donde albergaba sentimientos de culpa y remordimiento. Se esforzó por parecer objetivo.

—Por el expediente veo que se le han hecho dos análisis de sangre de seguimiento, pero ninguno más. Son importantes —indicó Raj.

—Lo sé. —Hubo una pausa durante la cual Maya reflexionó—. La última vez que la vi fue antes del día de Acción de Gracias —recordó.

—¿Y no has sabido nada de ella desde entonces?

La preocupación se reflejó en la voz de Maya.

—No. Hace unos días fui a la residencia, pero Sasha no respondió cuando llamé a su puerta. Quizá deberías venir conmigo hoy. Podría necesitar un médico.

—Tengo trabajo para un rato —observó Raj titubeando. Dudaba que pudiera dominar sus emociones cuando la viera. Sólo hablar con ella por teléfono lo había obligado a respirar hondo de forma continua.

—Este asunto me da mala espina —manifestó Maya—. Podría estar vagabundeando otra vez.

—Estoy de acuerdo. Te veré allí. Dame sólo una hora —dijo Raj.

Cuando llegó a la residencia, Maya lo esperaba. Lo recibió en la entrada del edificio. Vestía tejanos y una sudadera gris de la Universidad de Nueva York. Su actitud era amistosa pero distante.

No hablaron mientras subían al segundo piso. En el pasillo había monopatines, bolsas de ropa sucia y un carro de supermercado abandonado. Sasha no respondía, así que Maya sacó una llave del bolso y abrió la puerta.

Raj nunca había visto un dormitorio como el de Sasha. Había un orden inusual, todo estaba limpísimo y habían hecho la cama de forma impecable, con un osito blanco apoyado en la almohada. Incluso las monedas que había sobre el tocador estaban dispuestas en líneas perfectas.

—Debe de estar haciendo todo lo posible por simular que está bien —dijo Maya—. Mira.

Señaló hacia la única nota discordante de la habitación, la cual era realmente perturbadora. Había echado en el suelo tierra para plantas a la que había dado forma de cono. En él había clavado un geranio muerto, un gato de porcelana y dos barritas de caramelo. A juzgar por la regadera de plástico que había junto a la pila de tierra, había regado con regularidad esas ofrendas a un dios desconocido. El líquido marrón se había escurrido hasta la alfombra formando una mancha redonda.

Raj se acercó a la ventana. De haber habido antepecho, no se habría sorprendido de ver a Sasha acurrucada allí, temblando y lejos de la realidad.

—¿Dónde puede haber ido? —preguntó—. ¿A casa de sus padres?

—Tengo su número de teléfono, pero no creo que esté allí —reflexionó Maya—. Son de los que ya les va bien dejarla aquí tirada.

—Es una forma de sobrellevar el sentimiento de culpabilidad —dijo Raj con severidad—. ¿Te dijo alguna vez por dónde se movía?

—No.

En el tocador encontraron frascos de medicamentos vacíos, pero ninguno lleno. Por lo visto, el último lo había rellenado en septiembre.

—Me siento fatal —se lamentó Maya—. Te dije que la llevaría a la clínica, pero me decía continuamente que ya había ido sola. Tendría que haberme dado cuenta.

—¿Por qué? —la tranquilizó Raj—. Si quiso apartarte de su vida, fue su decisión. No debes culparte por ello. La cuestión es qué hacemos ahora. —Raj no habló de corazón. También él sentía la necesidad de salvar a Sasha con la misma intensidad que había experimentado en el hospital. Maya tuvo una idea.

—Siempre podemos preguntar a Barry —propuso—. Vive sólo unos pisos más arriba.

Emprendió la marcha a lo largo del pasillo y las escaleras. Raj hacía lo posible por no sentirse peor. Ver a Maya le resultaba tan doloroso que sólo podía superarlo si se concentraba en aquella misión, pero lo que sentía no era sólo culpabilidad por lo que le había hecho. Una fuerza inexplicable había estado actuando en todo momento, la misma fuerza que lo había empujado hasta Molly, que lo había dispuesto todo para que se enamoraran. Pero Raj no tenía la menor idea de qué fuerza se trataba. Y nadie podía decírselo, ni papá ji, con sus desesperanzadoras charlas sobre el karma, ni amma, con sus tristes suspiros.

«Cuando algo tan horrible sucede —le había dicho papá ji después del funeral—, debemos entregárselo a Dios.»

En aquel momento, Raj se sentía tan abrumado y confuso que ni siquiera podía acusar a Dios de crueldad por permitir que un amor tan profundo muriera, o que una persona inocente como Maya se viera abandonada sin razón. No obstante, la confusión pasó, y Raj se prometió a sí mismo que la última persona a la que entregaría a Molly sería Dios.

Barry salió a la puerta en camiseta y pantalón de pijama. Una pantalla de ordenador brillaba en la tenue oscuridad de su habitación.

—Hace tiempo que no la veo —masculló. Dentro se oían los bombarderos que volaban en picado y las explosiones del juego que tenía en funcionamiento.

—¿Puedes ayudarnos a averiguar dónde está? —preguntó Maya.

—No, pero si la veis, decidle que me molaría que me llamara. —Barry los miró como una marmota que se acabara de despertar—. Ahora tengo que seguir estudiando.

—Creo que no lo comprendes. No se trata de una pregunta sin trascendencia —interrumpió Raj con un tono de voz que impidió que les cerrara la puerta en las narices—. Sasha está enferma. Necesita su medicación o se pondrá muy grave.

Barry bajó la cabeza. Fuera lo que fuera lo que no quería reconocer respecto a Sasha, no se sentía muy feliz de ver a su médico.

—¿No tienes nada que decir? Entonces deja que te pregunte una cosa —continuó Raj—. ¿Te gusta mucho practicar el sexo? —Barry enrojeció y se puso mucho más nervioso—. Acostarse con alguien no es como ir al videoclub y alquilar una cinta —le advirtió Raj—. ¿Sasha te importa lo más mínimo?

Barry parecía afligido.

—Yo, esto… me acosté con ella sólo una vez y se colgó de mí. Le dije que tenía que vivir su vida. Quizás esto provocó que se marchara, yo qué sé.

—No es suficiente —le espetó Raj con brusquedad. El chico dio un respingo, entró en la habitación y regresó con un trozo de papel.

—Quería que la acompañara a este sitio. Allí se encontraba con otras personas, pero no quise ir —explicó Barry mientras tendía a Raj el papel donde había una dirección garabateada—. Ya me descontrola bastante ella sola. —Fuera lo que fuera lo que sintiera, esta vez Barry reunió el valor necesario para cerrar la puerta; y tras de sí quedaron los sonidos amortiguados de la tercera guerra mundial. Raj se preguntó si

Barry o algún otro chico de la edad de Sasha se interesaba por ella más allá del sexo o si el padre de su hijo era algún desconocido.

Estaba furioso, pero algo más estaba ocurriendo. Cuando ya se marchaban, pasaron frente a un reloj de la Coca-Cola que habían colgado para dar una nota alegre a la residencia. Era una copia, grande y redonda, de los que solía haber en las gasolineras, con un dibujo de Santa Claus bebiendo Coca-Cola y sonriendo abiertamente.

—Espero que Barry no pasara a Sasha a sus amigos —dijo Maya—. ¡Es tan fácil aprovecharse de ella!

Raj la oyó, pero también percibió otro sonido. Tic-tac. Entonces se dio cuenta de que no había percibido ese sonido desde que Molly había fallecido. Tampoco había olido el espantoso café del hospital ni había sentido la tristeza de sus pacientes. El manto gris de su dolor se levantaba, centímetro a centímetro.

—Encontraremos al padre y encontraremos a Sasha —aseguró Raj.

Le resultó difícil separarse de Maya y aplazar la búsqueda, pero Habib sólo podía sustituirlo durante dos horas. Cuando volvió al hospital le preguntó:

—¿Qué aspecto tengo?

—Pareces un zombi —dijo Habib. En otras palabras, que tenía mejor aspecto. Una parte de Raj quería regresar al mundo, pero otra no. Su dolor, como una fuerza de gravedad, lo había empujado hacia dentro, al centro de su corazón, y allí seguía buscando a Molly. En las últimas horas de la noche sentía su presencia, y en esos momentos de ardiente esperanza percibía formas borrosas que empujaban el muro que lo rodeaba para que pudiera ver más allá.

«Venid —rogaba Raj—. Estoy aquí.»

Pero las formas se desvanecían, así que tuvo que esperar.

La desesperación estaba a punto de apoderarse de él, pero algo ocurrió a principios de diciembre. Un interno nuevo llamado Gus asistió a la reunión semanal del personal. Gus era de complexión atlética y mostraba mucho interés, que exageraba para impresionar a Clarence.

—Benita es una mujer hispana de sesenta y cuatro años. La semana pasada se presentó en urgencias quejándose de dolores en las piernas —expuso Gus—. Después de unas horas, era incapaz de permanecer de pie o andar, aunque no parecía existir ninguna razón física para ello. Se quejó de que no sentía las piernas y exigió que la ingresaran. Los de urgencias me consultaron y dictaminé que la parálisis repentina de Benita era una reacción histérica clásica.

Clarence, a quien molestaba la jerga médica, lo interrumpió.

—¿Cómo estableció su dictamen exactamente?

—Le pregunté si le había ocurrido algo recientemente y me explicó que su hija acababa de morir —respondió Gus leyendo sus notas—. La hija vivía con ella en la misma casa y aportaba la mayoría de los ingresos. Benita es viuda.

—¿Y? —dijo Clarence, que ya imaginaba lo que iba a contar.

A Gus no le gustó que lo interrumpiera, pero tenía un buen final.

—Benita no puede enfrentarse a su profundo temor a vivir sola, de modo que carga la responsabilidad en sus piernas. Éstas le impiden escapar o enfrentarse a la nueva situación. En lugar de sentirse paralizada por el miedo, le resulta más fácil estarlo por una cuestión física.

Clarence hizo un gesto de asentimiento.

—¿Algún comentario? —preguntó.

—La anciana se rompió la cadera —dijo Stratton, uno de los residentes de segundo año.

—¿Cómo?

—Gus lo ha pasado por alto en el expediente. Le hicieron una radiografía y vieron que tenía varias fracturas mal soldadas en la articulación de la cadera.

Atónito, Gus pasó con rapidez las hojas del expediente y extrajo una radiografía. La sostuvo contra la luz.

—¿Y bien? —preguntó Clarence con impaciencia.

—De acuerdo, aquí está. Tendría que haber mirado con más atención —dijo Gus—. Pero esas viejas fracturas no le producirían una parálisis.

—Podrían causarle suficiente dolor para no querer andar, o que le costara mucho —señaló Clarence.

Gus tartamudeó intentando encontrar una salida. Raj no escuchaba. Había permanecido hundido en su asiento todo el rato y seguía viendo la cara demacrada y pintada como una muñeca de Sasha Blum mientras fumaba un cigarrillo. Cada vez que aquella imagen volvía a su mente, sentía un vacío en el estómago. Él le había prometido que la sacaría de la oscuridad. Aquel día en la planta de psiquiatría, cuando lo embargaba una ola de idealismo, parecía muy lejos.

—Ni siquiera sabe qué se la llevó.

Raj creyó que había hablado para sí mismo, pero Mona, que se sentaba a su lado, dio un respingo.

—¿Quién? —preguntó Clarence.

—Esa mujer. Su hija ha muerto y ella no sabe qué fue lo que se la llevó. Ésa es la verdadera razón de que no pueda moverse. —Los otros lo miraron con atención, pues durante el último mes no había abierto la boca en las reuniones—. Sea lo que sea lo que le digamos, será una suposición, ¿no? —dijo Raj.

—Estamos intentando averiguar la razón verdadera —respondió Clarence.

—Entonces hemos fallado —replicó Raj—. Una persona

muy cercana a mí ha muerto. Era tan hermosa que causaba dolor. Existía, pero de un modo repentino e increíble fue destruida. ¿Qué explicación quieren que crea? Conozco los términos médicos, pero esos razonamientos no me dirán dónde se encuentra. ¿Puede alguno de ustedes decírmelo?

Mona había apoyado la mano en el brazo de Raj.

—Tranquilo —dijo con suavidad. Raj estaba demasiado ofuscado para percibir las reacciones de los demás, ya fueran de compasión o de incomodidad. Clarence rompió el embarazoso silencio.

—Todos sabemos el dolor que siente —dijo.

Eran personas sensibles y sabían que Raj estaba luchando. Al ver sus miradas de compasión e impotencia, Raj pensó: «Ella estaba dentro de mí; no podéis decirme que se ha ido.» Clarence retomó la cuestión de Benita e indicó a Gus que expidiera una receta de calmantes y una nota para que la ingresaran si regresaba y la debilidad de las piernas había aumentado.

Tras aquel día en que se había sentido tan removido, Raj regresó a su casa y se desplomó en el sofá. El perro de la calle ladraba otra vez sin cesar, lo cual lo mantuvo despierto. Alguien llamó a la puerta. Raj la abrió y vio a Molly.

«Prométeme que no vas a llorar», dijo ella con dulzura. Ya no llevaba el vestido negro y los zapatos de tacón, sino unos tejanos viejos y una de las camisetas blancas de Raj. «Oh, Dios mío.» Raj rodeó con sus brazos la figura que tenía delante, ansioso por tocar el cuerpo de Molly. Y así fue. Era cálido y real.

«¡Eh! —Molly sonrió—. Me vas a magullar.»

Raj aflojó el abrazo, le puso las manos a ambos lados de la cara y la besó en los labios con suavidad.

«¿Dónde has estado?», preguntó Raj.

«En tu interior, exactamente donde tú creías.» Raj sólo le

dejó pronunciar esas palabras y la besó otra vez. Necesitaba ese bálsamo para su dolor. Sólo eso.

Cuando pudo hablar de nuevo, dijo:

«No podía vivir sin ti. Me resultaba imposible.»

«Nunca tendrás que vivir sin mí», susurró Molly. Raj la creyó. Su voluntad la había traído de vuelta. Su voluntad, su necesidad y su deseo. El calor de su piel demostraba que estaba allí. Raj abrió la boca para decir algo más, pero ella puso los dedos sobre sus labios.

«Por favor, escúchame. Estoy dentro de ti.»

Nada había cambiado en su voz: era tan dulce como antes. Raj sintió una punzada de miedo, como si la acusación que le había hecho a Dios de que creaba amor sólo para destruirlo, pudiera cumplirse otra vez.

«Eso no va a ocurrir —dijo Molly, que había percibido su temor—. Puedo quedarme mientras me necesites. He hecho un trato.»

«¿Con quién?», pensó Raj.

«No creo que lo entendieras; no ahora», repuso ella.

«Pero te necesitaré siempre.»

«Dejaremos que eso sea cierto por ahora», dijo Molly. Lo besó de nuevo y lo acompañó al sofá, donde permanecieron echados en silencio hasta que Raj se hubo calmado. Entonces comprendió que no tenía que preocuparse porque ella hubiera regresado. Su vuelta demostraba que no se había ido. Y Clarence le había dicho que si ella le hablaba, que la escuchara.

«Creo que estoy preparado», dijo Raj.

«Bien.»

8

El pálido sol de diciembre despertó a Raj avanzada la mañana. Permaneció con los ojos cerrados, escuchando. En la calle un camión de reparto se ponía en marcha. Unos segundos más tarde alguien tiró un botellín de cerveza que se rompió en pedazos sobre el asfalto. Pero no se oía ninguna respiración. Raj alargó un poco el brazo, pero se detuvo, pues no quería sentir el espacio vacío que había a su lado.

Sueño, espectro, alucinación. Raj apartó esas palabras de su mente. Se levantó y se dirigió, dando traspiés, a la cocina. Mientras bebía el café frío que quedaba del día anterior, su mente empezó a despejarse. Oyó, una vez más, las palabras de Molly.

«No me iré hasta haberte dicho todo lo que tengo que decirte. Nos amamos y creímos que amábamos lo suficiente, pero hay más.»

Debía de estar en su interior, porque Raj la sentía tan cerca como su propia respiración. Se dio la vuelta por si Molly había reaparecido, pero la cocina, tan estrecha que casi podía tocar dos de las paredes al mismo tiempo, estaba vacía. Percibió el mal olor que despedía el radiador roto que Molly temía que acabara explotando.

«Así que me vas a enseñar», se oyó repetir a sí mismo.

«Sí.»

De acuerdo, pero las enseñanzas, si es que iba a recibirlas como a través de una radio, no llegaban. Cuando un paciente acudía a la planta porque oía voces, resultaba muy difícil convencerlo de que las palabras de su mente, por muy extrañas que sonaran, eran las suyas propias. Raj nunca creyó que pudiera haber otra explicación. Nunca pensó que ese tipo de unión pudiera ser real, pero dos personas pueden compartir la misma voz sin que importe a quién pertenece.

Raj cerró los ojos y Molly le habló desde su interior. «Estábamos a punto de conseguirlo, los dos. Algo increíble iba a revelarse.»

«Entonces te moriste.»

«No me preguntes sobre eso. Concéntrate en esto: ahora conozco lo que íbamos a experimentar. Todavía está a nuestro alcance.»

«Sé más concreta.»

«Vas a ser llamado.»

Raj recordó esa expresión, que era lo más cerca que había estado Molly de explicarse a sí misma. Ser llamado significaba que una luz brilla en ti mismo y te despierta. Entonces sabes quién eres y por qué vives. El corazón de Raj se aceleró.

«¿La llamada es para mí?»

«Es para todo el mundo, pero en este preciso instante, sí, va dirigida a ti —siguió la voz—. Porque habías prometido amar y lo hiciste. Incluso dijiste que era el amor quien te había llamado a ti. Suceda lo que suceda, recuérdalo.» Algo había cambiado y la voz ya no era la de Molly. Bueno, sí era la suya, pero con más… ¿qué? Con más fuerza, más confianza. Una parte de Raj sentía el anhelo de experimentar esas cualidades otra vez. La muerte de Molly lo había despojado de toda esperanza, y ahora se la ofrecía de nuevo.

«¿Cómo sabré cuándo va a suceder? Todavía no me has contado lo suficiente», pensó Raj.

«Escucha, actúa, siente.»

La voz se interrumpió y en ese momento Raj podría haber dudado de todo. Se duchó, se vistió y preparó café para llevárselo al hospital y no tener que tomar la bazofia de la máquina. Mientras hacía todo esto, una parte de sí mismo volvió a experimentar las sensaciones familiares de siempre y se sintió bien. El aire frío le aguijoneó los pulmones y los bollos que compró estaban esponjosos y calientes. Todas esas sensaciones querían que regresara, pero ¿qué había al otro lado? Una voz en la que confiaba y un cuerpo que conocía. ¿Era eso suficiente? Uno de los antiguos poetas indios de papá ji escribió una vez: «Rodeado por tus brazos amorosos, la vida y la muerte se unieron en mí como en una promesa matrimonial.» Y de eso se trataba. Si Molly había regresado para mantener su promesa, él también lo haría.

En el trabajo, Raj encontró la dirección que Barry le había entregado a regañadientes. Cuando terminó, alrededor de las cinco, telefoneó a Maya, que se alegró de que Raj no se hubiera olvidado de Sasha.

—Sea la hora que sea, no responde a mis llamadas. Se ha ido y tenemos que encontrarla —dijo Maya.

Compartieron un taxi y el conductor los dejó frente a una manzana de sórdidos edificios abandonados de la avenida B.

—Aquí no hay nada —dijo. La mayoría de las ventanas de aquellos sucios edificios de ladrillo estaban tapiadas, y algunas estaban protegidas con rejas de seguridad.

—Creo que podríamos empezar por allí —propuso Maya señalando la esquina de enfrente. Allí había un pequeño grupo de chicas hispanas y negras en minifalda—. Vamos.

Maya cruzó la calle sin esperar a que Raj pusiera alguna objeción. Él la siguió en dirección al grupo de chicas.

—Estoy buscando a una amiga —dijo Maya—. Tiene más o menos vuestra edad. Puede que parezca perdida. Se llama Sasha.

La petición fue recibida con silencio y miradas suspicaces. Tras unos instantes, una de las chicas habló.

—Sí, ha estado por aquí un par de veces.

—Perdida, como has dicho —añadió otra.

—¿Ha estado trabajando con vosotras? —dijo Raj. Su pregunta provocó una explosión de risas ásperas y displicentes.

—Para nada, cariño.

Una de las chicas más altas, que parecía ser la cabecilla, habló por las demás.

—Siempre iba sola; la hemos visto rondar por aquí varias veces. No sé si se llevaba a alguien a casa, pero no lo creo. Podéis mirar allí. —Señaló con la cabeza un bar que había unas puertas más abajo—. Es vuestra mejor opción.

—Gracias —dijo Raj arrastrando a Maya en aquella dirección.

—¿Por qué les has preguntado eso? —dijo Maya desconcertada.

—Porque Sasha está embarazada. Es información confidencial, pero pronto se le notará —le informó Raj.

Maya no parecía sorprendida. Quizá Sasha se lo había confiado en cuanto lo supo.

—Me pregunto si Barry y sus amigos han estado por aquí. Quizá fue aquí donde encontraron a Sasha y eso les indujo a seducirla y no al revés —reflexionó Maya.

—Las dos opciones son igualmente escabrosas. Probemos aquí. —Raj abrió la puerta de hierro y cristal del bar, que no tenía ventanas, y dejó entrar a Maya. El interior estaba en penumbra y lleno de humo. Camino de la barra pasaron junto a unas mesas ocupadas por escasos clientes. El camarero, de aspecto duro, no se acercó a ellos hasta que Raj le pidió dos cervezas.

—Estamos buscando a una chica y nos han dicho que usted podría haberla visto —dijo Raj.

—Yo no veo a ninguna chica —contestó el camarero frunciendo el ceño.

—No me refiero a una chica del oficio, sino a una estudiante universitaria, delgada, con el pelo oscuro. Es posible que, a veces, hable consigo misma —describió Raj.

El hombre reflexionó unos instantes.

—¿Sois de las islas? —preguntó.

—No —respondió Raj.

—Entonces, lo mejor será que vengáis más tarde, cuando haya cerrado. Unas cuantas chicas vienen a esa hora y la que buscáis podría estar entre ellas. —Raj y Maya dejaron las cervezas y se fueron.

—¿Qué opinas? —preguntó Maya cuando estuvieron fuera otra vez. El sol casi se había puesto; el intenso azul del cielo se difuminaba y la temperatura descendía con rapidez.

—Creo que vale la pena probar. Pero tú no debes quedarte por aquí. Esperaré yo —dijo Raj aunque se sentía cansado y sin esperanzas.

—¿Me llamarás? —preguntó Maya—. Quizá debería denunciar su desaparición a la policía.

—Si no eres familiar suyo, no te harán mucho caso —repuso Raj—. Estás actuando de un modo fantástico en esta cuestión, pero necesito contarte algo. Molly ha muerto. Ocurrió hace más o menos un mes. De repente.

No supo qué más decir o si sus palabras la habían herido otra vez.

La primera reacción de Maya fue de desconcierto, y a continuación una lágrima resbaló por su mejilla.

—Me di cuenta de que algo te ocurría cuando llegaste a

la residencia de estudiantes. Me pregunté si te sentirías tan mal por mí o por otra cosa —manifestó. Raj permaneció inmóvil, sin saber cómo reaccionar—. Lo siento de verdad, Raj. Lo siento mucho —añadió Maya.

Estaban en la esquina, bajo la luz de una farola. El grupo de chicas se había ido. Raj no podía concentrarse. En aquel momento, lo que más ansiaba era estar solo y tranquilo.

—Será mejor que me vaya —dijo Maya. Llamó con la mano a un taxi, que se detuvo unos metros más allá—. Da la impresión de que quieres resucitar a los muertos, y es probable que no funcione —le advirtió Maya mientras empezaba a alejarse.

—¿Cómo? —le preguntó Raj, atónito.

—Me refiero a Sasha. Nadie en el hospital cree que pueda hacerse nada por ella salvo medicarla. Sé que está muy enferma y también sé que el sistema no tardaría en darla por perdida. O intentas ser un santo o te has implicado emocionalmente.

Corrió en dirección al taxi y entró sin esperar una respuesta. Los neumáticos del taxi chirriaron en el hielo y desapareció.

El bar cerraba a las dos, lo que dejaba a Raj seis horas para trabajar. Cuando llegó al hospital Claudia lo estaba buscando.

—¿Por qué no estabas aquí hace una hora? —le increpó. No podía evitar mostrarse dura y agresiva. Raj pensó que podía ser una buena señal. Había faltado a todas las sesiones durante el último mes y Claudia quería que supiera lo dolida que se sentía.

—Había salido para ayudar a alguien, una paciente que no se está medicando, y he tardado más de lo previsto. Lo siento. —Claudia bajó la cabeza. No esperaba una disculpa.

—¿De quién se trata? —preguntó.

—Ya sabe que darle esa información sería saltarse las normas —dijo Raj.

—¿Estar loca no es saltarse las normas lo suficiente?

Claudia rompió a reír y Raj la dejó entrar en su despacho con una sonrisa alentadora.

—¿Sabes qué fue primero, si el huevo o la gallina? —preguntó Claudia.

—No.

—Ella tampoco, pero su psiquiatra cree que tiene algo que ver con un pene.

Raj siguió sonriendo.

—Eso está mejor —aprobó Claudia—. Últimamente se te veía hecho polvo.

—Lo sé. ¿Cómo ha ido la visita a su casa? —le preguntó Raj. Claudia había vuelto a su casa durante el fin de semana para ver si podría acostumbrarse a convivir con su esposo otra vez.

—Bien —contestó ella.

—¿Qué significa «bien»?

Claudia se encogió de hombros.

—Hemos acordado una tregua. Eso está muy bien, ¿no? Stanley jugó al golf y después me llevó a dar una vuelta. Fue agradable. —Claudia no le miraba a los ojos.

—Sí que suena agradable —corroboró Raj—. Por lo menos, agradable para Stanley. ¿Han hablado de sus problemas?

Claudia negó con la cabeza.

—Stanley dice que los momentos que paso en casa son nuestros mejores momentos y que no deberíamos estropearlos peleándonos.

—Hablar de cómo uno se siente realmente no es pelearse —afirmó Raj—, es ser honesto.

—Eso le aflige mucho —musitó Claudia.

—¿De verdad? Yo diría que no le aflige en absoluto, sólo le molesta. ¿Cómo se siente al ser su molestia?

Claudia miró por la pequeña ventana que daba al aparcamiento. En el pozo de oscuridad del exterior no se veía nada. Raj esperaba una respuesta, pero no llegó.

—¿Puedo ser totalmente sincero con usted?

Claudia asintió sin entusiasmo, sin asentir por completo, pero lo suficiente para que Raj pudiera decir lo que quería.

—Utiliza el hospital como una puerta giratoria. Lo sabe y yo también lo sé —declaró Raj—. Lo que no sé es si quiere acabar con esto.

—¿Crees que me gusta sentirme desgraciada?

—Le gusta lo que obtiene con ello.

—¿Y qué obtengo? —preguntó Claudia con recelo.

Raj se arrellanó en el asiento.

—Consigue que la compadezcan. Consigue que Stanley, quien es probable que le aburra hasta la médula desde hace tiempo, se calle. Consigue tener la razón. Consigue hacerse la víctima. Y lo mejor de todo es que consigue venir aquí y que muchas personas estén pendientes de usted cuando pierde el control. A mí me parece un chollo.

A mitad de su exposición, Claudia ya se había puesto de pie con la cara descompuesta por el despecho.

—¡Miserable traidor! —aulló—. ¿Quién te ha dado derecho a hablarme así?

Raj se levantó y se acercó a ella lo suficiente para hacerla sentirse incómoda.

—Por si lo había olvidado, me lo ha dado usted. —Raj habló con calma, sin agresividad, y aunque el tono que utilizó podía considerarse cruel, intentó que expresara su deseo de ver que alguien, fuera quien fuera, salía del dolor autoinfligido—. De todas las experiencias horribles que podían haberle ocurrido en la vida —prosiguió Raj—, ha escogido producirse la mayoría.

—Ni te lo creas —replicó Claudia con rabia—. Yo no empujé a ese bastardo a la cama de nadie. No le pedí que me mintiera, me engañara o me tratara como a un ser insignificante al que puede quitarse de encima con un empujón.

—Mírese a sí misma en este instante —dijo Raj—. Eso es exactamente lo que se ha estado haciendo. Se casó con un hombre del que cualquier persona con la mitad de su inteligencia habría predicho que le mentiría y engañaría. Y decidió cumplir su parte. ¿O no?

—¡No! —Claudia empezó a llorar.

—Salte esa barrera —le instó Raj levantando la voz—. Usted es mejor que todo eso. Enfréntese a la verdad. No le va a matar y, de todos modos, ya se está muriendo, así que, ¡qué demonios!

Claudia tenía la cara bañada en lágrimas y los ojos muy abiertos.

—¿Qué estás diciendo? —dijo con voz temblorosa.

Raj se acercó a ella y le puso las manos sobre los hombros.

—Ya sabe qué le estoy diciendo. La única muralla que existe es la que usted misma ha levantado. —Le dijo con dulzura.

«Ya es suficiente.»

Sólo Raj oyó estas palabras. Se dio la vuelta y vio a Molly junto a la puerta.

«Ya no te escucha», dijo Molly.

Raj se volvió de nuevo. Claudia, con los ojos aterrorizados, jadeaba.

«Ibas a tratarla con cariño, ¿recuerdas? —dijo Molly—. Y no lo estás haciendo.»

Raj no podía negarlo. Claudia caminaba de un lado a otro de la habitación y se secaba las lágrimas con los puños.

—Tú quieres matarme —balbuceó débilmente. Unos mechones de pelo gris y grasiento se pegaban a su cara—. Si te escuchara, me moriría.

«Tiene razón», dijo Molly.

«¡No es cierto!»

Raj estaba convencido de que Claudia no veía a nadie más en la habitación. Durante un segundo, su mirada se posó en la esquina donde estaba Molly, pero la retiró con rapidez.

—Intente tranquilizarse —dijo Raj.

«¿Cómo esperas que se tranquilice? —preguntó Molly—. Se siente atacada.»

En ese momento ocurrieron dos cosas. Claudia inspiró profundamente y le dio un fuerte bofetón a Raj y, en el mismo instante, Joanie asomó por la puerta.

—¡No me quieres! —gritó Claudia.

—¿Qué pasa aquí? —preguntó Joanie perpleja. Nadie le prestó atención y Claudia se desplomó en los brazos de Raj llorando con desconsuelo.

—Creí que me querías —sollozó.

—No diga eso —dijo Raj intentando separarse de ella—. Así no se ayuda.

—¡No me importa! —gimió Claudia—. Siempre pienso en ti, y te he echado mucho de menos. —Intentó abrazarlo de nuevo, pero Joanie se interpuso. Empezaba a divertirse.

—Calma, ya estoy aquí —dijo Joanie tanto por Raj como por Claudia.

—¡No te queremos aquí! ¡Lárgate! —gritó Claudia—. ¡Y quítame las manos de encima! —Se lanzó otra vez sobre Raj y uno de los pechos se le salió del vestido. Al ver la expresión de Raj, Claudia se quedó helada—. ¡Oh, Dios mío! —exclamó mientras se ponía la mano sobre los labios—. Me odias.

—No, no es verdad. Todo es un malentendido —objetó Raj.

—Yo opino lo mismo —añadió Joanie más divertida a cada momento.

—Crees que soy una vieja patética a quien puedes engatusar —exclamó Claudia—. ¿Cómo has podido hacerme esto? —Luchaba entre sentirse destrozada o rabiosa—. ¿No tienes decencia?

—Por favor, siéntese y tranquilícese —pidió Raj—. Todas estas cosas tienen una explicación.

—¿Cosas? ¡No quiero ser una cosa nunca más! —gritó Claudia. Se echó hacia atrás y habría abofeteado de nuevo a Raj de no ser por Joanie, quien le agarró los brazos y se los puso a la espalda.

—¡Eh! —exclamó Joanie—. ¡La voy a sacar de aquí ahora mismo!

—¡No!

Cuando estaba agitada, Claudia era sorprendentemente fuerte. Intentó agarrar a Joanie por el cabello, pero ésta se le adelantó y la sujetó por las muñecas.

—Como siga así, pediré las correas —advirtió Joanie.

Raj sacudió la cabeza.

—No será necesario, todo va a ir bien —afirmó, y se volvió hacia Claudia—. ¿Verdad?

Ella ya se estaba tranquilizando. Algo en su interior había cambiado. A pesar de su estado de agitación, se daba cuenta de lo que había ocurrido en realidad. Había pronunciado las palabras que necesitaba gritar hacía años: «No quiero ser una cosa nunca más.» Quizá no a la persona adecuada, pero al menos las había dejado salir. Raj miró a su alrededor. Molly todavía estaba allí.

«Lo que ella llama amor es una expresión de su necesidad, que es real —explicó Molly—. Si le niegas lo que necesita, sólo le quedará el miedo.»

«¿Qué esperas que haga?», pensó Raj.

«Dale lo que necesita. A veces, eso es lo único que puede hacer el amor. Demuéstrale que es alguien. Ése es su mayor temor. Olvídate de su aspecto y de cómo habla; ahora no es más que una niña.»

Raj inspiró profundamente.

—Déjanos solos, por favor —dijo a Joanie.

Ella se mostró escéptica.

—¿Por lo bien que lo estás haciendo solo?

Claudia se rió con aspereza.

—Bien dicho —soltó mientras se iba relajando. Volvió a colocarse el pecho dentro del vestido.

—De acuerdo, volveré dentro de un rato —aceptó Joanie. A continuación miró a Claudia—. Ya ha habido suficiente jaleo por hoy, ¿estamos?

Cuando Joanie salió de la habitación, Raj le tendió un Kleenex a Claudia.

—Su premio —le dijo.

—Como si me mereciera uno —replicó Claudia mientras sorbía por la nariz. Se sonó y exhaló un enorme suspiro—. He hecho un ridículo espantoso.

«Así es —recalcó Molly—, pero por suerte para ella ha hecho el ridículo en el momento oportuno.»

Raj la escuchó y dijo:

—La felicito de verdad, Claudia. —Ella esbozó una sonrisa de arrepentimiento.

—Estaba convencida de que hoy iba a dar el gran paso. Había pensado tanto en este momento…

—Me alegro de que lo haya hecho, de verdad. Desde luego, es una forma bastante dura de mejorar —manifestó Raj—, pero ha dejado de esconderse detrás de sus problemas, y eso significa que no tienen por qué dominarla. —Claudia asintió, haciendo lo posible por asimilar lo que Raj le decía.

Molly seguía en la esquina de la habitación.

«Lo que te ha dicho acerca de ti no eran sólo fantasías. Ella cree que el amor es protección. Millones de personas lo creen. Tienes que hablarle a partir de esa suposición.»

«De acuerdo.»

—Claudia, quiero que sepa que nosotros cuidamos de usted —dijo Raj—. No tiene que aguantar a Stanley sólo porque la mantenga. ¿Es así como empezó su matrimonio?

Claudia asintió. Le escuchaba con atención.

«Dile que alguien más se preocupa por ella», dijo Molly.

Mientras Molly pronunciaba estas palabras, Raj comprendió su verdadero significado. El punto clave de Claudia era la supervivencia. Pensaba que no era más que una criatura pequeña y sola. Esta creencia le había causado tanto miedo que haría lo que fuera para que alguien más fuerte que ella la cuidara. Pero éste era un mal pacto porque, al darle el poder a su protector, no le quedaba nada para ella misma. Todas sus rabietas no eran más que demostraciones de poder sin ningún propósito.

—Escúcheme —le dijo Raj—, Stanley no la va a salvar. Eso ya no le interesa. La tiene donde quiere, y sabe que podría acabar con usted impunemente.

El rostro de Claudia no reflejó ninguna emoción; esperó a lo siguiente que Raj fuera a decir.

«¿Lo ves? —señaló Molly—. No está asustada. Por fin está tan harta de sus máscaras que puede dejarlas. Nadie cambia hasta que se siente así.»

«¿Y ahora qué?», pensó Raj.

«Si de verdad quieres demostrarle amor, lo primero que necesita, como todo el mundo, es confianza. Necesita saber que está segura.»

—Lo que tiene que hacer —Raj le dijo a Claudia—, es encontrar un lugar lejos de Stanley, ir allí y dejar que su miedo salga a la superficie. Nosotros, aquí, cuidamos de usted, pero sólo cuando se desmanda. De todos modos, todavía siente mucho miedo, ¿verdad?

Claudia asintió.

—Usted misma puede ser su protectora —siguió Raj—.

No es una cuestión física, sino algo que uno encuentra en su interior. Ése es su camino. Si da el primer paso, todo cambiará. Su miedo surge para llenar un espacio vacío, pero eso no es real, porque usted no está vacía. Simplemente ha perdido el contacto con esa parte de sí misma donde se halla la fuerza.

«Dile que eso es lo que Dios quiere para ella», apuntó Molly.

Raj sintió que sus propias dudas empezaban a surgir, pero cuando miró a Claudia, la primera paciente que había tenido el valor de rogarle su amor, tuvo que decirle toda la verdad. Igual que Molly estaba haciendo con él.

—Dios quiere que siga este camino —dijo Raj—. Su miedo y su vacío interior no forman parte de su plan; fueron causados por viejos golpes y heridas. Si pudiera verse a través de los ojos de Dios, se daría cuenta de que es amada y está totalmente protegida. Busque su fuerza y nunca más se sentirá desamparada.

En aquel momento, no había separación entre el sanador y el sanado. Raj había recibido tanto de las enseñanzas de Molly como lo que había dado. «Alguien se preocupa por ti. Alguien cuida de ti. Estás protegido en todo momento.» Molly lo había descubierto y ahora Raj podía transmitirlo.

Claudia, por su parte, se había transformado: aquél era un momento de una claridad que jamás había experimentado, y podía ver más allá de sus problemas.

—Dios, de verdad te quiero —exclamó.

—Yo también la quiero —respondió Raj. No tuvo que mirar hacia atrás para darse cuenta de que Molly ya no estaba allí.

Cuando Raj volvió a la avenida B era la una de la madrugada. Decidió no esperar en el bar, sino vagar por las calles hasta las dos. En el autobús había intentado hacer regresar a

Molly sin éxito. Ahora tenía más preguntas que respuestas. ¿Era Molly real? Era verdad que Clarence le había dicho que hablara con ella, pero él la habría considerado una proyección producida por el dolor. Las proyecciones no sabían lo que Molly sabía, ¿o sí? Raj no sentía que Molly lo estuviera manipulando desde el más allá, sino que expresaba cosas que él ya sabía en su interior, aunque no hubiera accedido a ellas. Quizás era eso lo que los enamorados querían decir cuando afirmaban que su amado estaba dentro de ellos. Su unión elimina toda separación y su ser interior se abre de un modo extraordinario. Así sucedía en el caso de Raj. Se sentía eufórico, como si pudiera ver a Molly y, al mismo tiempo, estar en su mundo, aunque no tenía ni idea de qué era ese mundo en realidad. ¿Un mundo secreto cuya llave poseía Molly? Sólo ella podía decírselo pero, de momento, se mantenía alejada.

Durante media hora Raj observó, desde el otro lado de la calle, cómo salían los clientes más rezagados. El último en salir fue el encargado del bar. Tanto si se percató como no de la presencia de Raj, no miró en su dirección. Raj cruzó la calle y abrió la puerta de hierro y cristal. El bar estaba vacío salvo por dos mujeres de la limpieza que estaban en una esquina y otra que fumaba un cigarrillo sentada en la barra. Llevaba un collar de coral y una blusa de vivos colores estilo tropical que no casaba con el inicio del invierno.

Raj se acercó.

—Estoy buscando a una chica —dijo.

—Está conmigo —replicó la mujer con calma.

—¿De modo que conoces a Sasha? No la veo por aquí —dijo Raj.

—No, éste no es lugar para ella.

Cuando los ojos de Raj se acostumbraron a la luz del bar, vio que la mujer tenía la piel aceitunada. Quizá fuera criolla. El deje caribeño de su voz así lo revelaba.

—Conmigo está a salvo —agregó la mujer.

—Eso no es suficiente —repuso Raj—. Soy su médico y necesita tomar la medicación.

—¿Ésta? —La mujer sostuvo en alto un frasco de pastillas y lo agitó—. Me he ocupado de conseguírselas. Me llamo Serena. Si quieres ver a Sasha, espera un rato. Te llevaré con ella.

—De acuerdo. —Raj se sintió aliviado al saber que no había sucedido lo peor. Había temido por un momento que Sasha estuviera escondida en el lavabo y no quisiera verlo.

Serena miró a las otras dos mujeres, que habían dejado de limpiar para enterarse de la conversación.

—Queridas, éste es un asunto entre él y yo —les dijo. Ellas volvieron al trabajo y Serena miró a Raj.

—No creí que fueras tan interesante —le dijo.

—¿Qué es lo que te resulta interesante de mí? —preguntó Raj.

—Bueno, mi primera impresión es que no estás muy bien. Has pasado por mucho sufrimiento y dolor. —Lo miró con mirada felina, indiferente y alerta al mismo tiempo. Más alerta de lo que Raj había visto nunca en nadie.

—Estoy seguro de que se me nota —admitió Raj sintiéndose algo incómodo.

—Pero eso no terminará aquí —siguió Serena—. Hay otras cuestiones en juego. Tras la desesperación llegará a tu vida algo hermoso y poderoso al mismo tiempo.

—Ojalá —exclamó Raj, que se sentía atraído, pero también receloso, de la habilidad de Serena para ver en su interior. Ella lo notó.

—Sasha me ha dicho que curas a las personas, pero yo no me dedico a eso —aclaró ella.

—¿Cómo llamarías a lo que haces? —preguntó Raj observando el cubo y la fregona que había junto a la barra. Serena se rió.

—Esto no, querido —replicó ella—. Gestiono un servicio de limpieza para que las chicas sin recursos puedan trabajar. La que normalmente supervisa el trabajo está enferma.

—¿Entonces te dedicas a otra cosa? —preguntó Raj.

—Te podría decir el nombre de Molly y dejarte muy sorprendido —dijo Serena. Raj dio un respingo.

—Sabes su nombre. ¿Eres vidente o algo así? —preguntó.

—Ella está contigo. No es un secreto, aunque quizá mucha gente diría que es imposible saber esas cosas. Pero creo que tú y yo podemos ser sinceros, ¿no crees? —Esperó la respuesta de Raj y mostró las cualidades que éste ya había percibido en ella. Por un lado, no daba importancia al hecho de ver o sentir la presencia de Molly y, al mismo tiempo, estaba muy pendiente de todo lo que ocurría.

—Sí, podemos ser sinceros —respondió Raj—. Quizá ya lo sepas, pero he estado hablando con Molly.

—¿Crees que es un fantasma? —preguntó Serena.

—No lo sé, pero si encontrara una respuesta tampoco sé si me la creería.

—Yo diría que estás bien atrapado —observó Serena.

—¿A qué te refieres? —preguntó Raj.

—A la misma razón por la que los locos están atrapados. Tú sabes de locos, ¿no es cierto?

—Un poco.

—Viven entre dos mundos, el suyo y el real. La mitad del tiempo están perdidos en viajes fantásticos y terroríficos y la otra mitad intentan comprar cereales y papel higiénico como la gente normal. Es agotador e inútil. Nadie puede vivir en dos mundos, así que, de forma gradual, pierden la batalla. Tienen que inclinarse hacia un lado o hacia el otro. O los vence la locura o la realidad. Entonces la cuestión queda resuelta y la batalla acaba para siempre.

—¿Y tú crees que yo soy así? —preguntó Raj.

—No hablo en broma. En medio de una muchedumbre se distingue de inmediato a los locos. Sólo ellos lo pasan mal comprando cereales y papel higiénico. Tiemblan, se crispan y tienen una mirada perdida que hace que los demás los eviten. Cuando te miro, veo lo mismo, sólo que tú no estás loco. Así que vives en dos mundos distintos. —Serena había terminado su cigarrillo. Sacó un pañuelo de cabeza del bolsillo de sus tejanos y se cubrió el cabello, corto y moreno. Se acercó adonde estaban las dos mujeres de la limpieza y empezó a fregar.

—¿Sabes qué? —exclamó Raj desde el otro lado del bar—. Hoy he sido el héroe de una persona. Dejé que una mujer desequilibrada me agrediera y eso le permitió romper el muro mucho antes que si la hubiera dejado sola con sus sentimientos. Curioso, ¿verdad?

—Eso opina Molly —respondió Serena—, aunque ahora ella tiene mejor sitio. —Serena se puso a trabajar con ahínco y dejó de prestarle atención a Raj.

Le estaba dando tiempo para que reflexionara. La firme seguridad de aquella mujer le sorprendió y le hizo sentir el deseo de abrirse, aunque no se ajustaba a la imagen que, en general, se tiene de una madre: enorme, protectora, y atenta. Serena era escuálida, y el tono de su voz podía ser afilado como un cuchillo cuando quería dejar clara una idea. El aspecto menos tranquilizador de su persona era que tenía razón respecto a Raj. Éste vivía entre dos mundos y, con toda probabilidad, le resultaría inevitable tener que inclinarse por uno u otro.

9

—Quizá creas que estas cosas no pasan, pero lo cierto es que sí suceden —declaró Serena.

Raj estaba sentado en el asiento trasero de un Dodge Dart marrón. Las luces de las farolas pasaban, borrosas, sobre ellos. Habían acompañado a las otras dos mujeres a sus casas y ahora se dirigían a Queens.

—De modo que, en tu opinión, hablo con alguien real —dijo Raj.

—En efecto, pero yo tengo el don de la imaginación —rió Serena.

—Se necesita algo más que imaginación para ver lo que has visto en mí —repuso Raj—. ¿Cómo lo has sabido?

—Todo el mundo sabe —afirmó Serena—, pero fingen no darse cuenta. Resulta más prudente. Así pueden mantener secretos.

—¿Y tú no crees en los secretos? —preguntó Raj.

—No —dijo Serena—. Si quieres, te hablaré de mí. Crecí en Dominica. Éramos muy pobres, mucho más de lo que para ti pueda significar ser pobre. Yo jugaba en un agujero hecho en el suelo, y la libertad de no poseer nada me hacía feliz. Mi madre se ocupaba de mis cinco hermanos pequeños y apenas disponía de un momento de descanso. Sin quererlo, me regaló la soledad completa unida a la pobreza total.

»Un día, cuando tenía cinco años, me escapé de la iglesia y me pegaron por ello. Creí que los ojos de Jesús crucificado me seguían y me asusté, así que corrí hasta casa y me escondí en mi agujero sin dejar de mirar hacia el cielo. Después de que me pegaran, volví al agujero y me quedé allí toda la noche con la única compañía de una vela. Al cabo de un rato la vela se apagó. Cuando tienes cinco años resulta fácil olvidar que tu casa está a sólo unos metros de distancia entre los árboles. Los pájaros y los animales comunes sonaban aterradores en la noche, y me parecía que el aullido de los perros provenía del infierno.

»Cuando la vela se apagó quise gritar, pero en lugar de la negra oscuridad, me vi rodeada de formas y rostros. No se parecían a los ángeles tallados que flanqueaban el altar de la iglesia, aunque esas imágenes eran lo más extraordinario que había visto aparte de los relámpagos y una bandada de miles de loros azules. Las figuras estaban inmóviles y resaltaban en la oscuridad como la llama de una vela, pero sin ser tan brillantes.

Serena se interrumpió, pero Raj pensaba que iba a contarle algo más, así que esperó. Dejaron la calle que discurría junto al río y Serena se concentró para no equivocarse de salida. Raj no estaba seguro de lo que sucedía, aunque una señal de «Vía sin retorno» parecía brillar en su mente.

—¿Y quiénes eran? —preguntó. Entonces, de repente, lo supo. Eran como las figuras borrosas que empujaban el muro que lo rodeaba y le dejaban pistas para ayudarlo a comprender. Sólo que ahora una de esas figuras había atravesado el muro.

—¿Molly es como una de esas formas? —preguntó.

—Para ti, sí —contestó Serena—, pero más viva, más real. Te está ofreciendo una salida. Es como esas escenas que vemos por televisión en las que los refugiados esperan junto a la frontera. No tienen casa y deben pasar al otro lado, pero tienen miedo. No saben qué clase de vida les espera. —La voz de Serena parecía flotar en la oscuridad hasta Raj.

—Parece peligroso —dijo él.

—A veces lo es, pero sin lo desconocido no hay vida nueva.

Raj ya no se sentía confuso. En cierto modo, resultaba reconfortante estar en tierra de nadie. La verdad es que había pasado tanto tiempo con personas desgraciadas, heridas y dementes que sabía muy bien dónde acababan, pero apenas nada de cómo habían llegado hasta allí. Serena parecía saber mucho sobre el camino invisible en el que Raj se encontraba.

—¿De modo que no soy el primero? —preguntó Raj.

Serena se rió.

—¿Quieres decir el primero que yo conozco? No, querido, ni mucho menos.

—Y ¿qué me espera si sigo por este camino? —preguntó Raj.

—Es distinto para cada persona — manifestó Serena—. Algunos dicen que hay una luz, pero yo no la he visto nunca. Lo único que sé es que cuando hayas traspasado la frontera sabrás que lo has hecho. Entonces, cuando te cruces por la calle con alguien que vaya en esa misma dirección, lo notarás. Se trata de un proceso silencioso y compartido al mismo tiempo. Pero, como te he dicho antes, es distinto para cada cual. Es curioso.

—Apuesto a que sí.

Ella le lanzó una mirada penetrante por el retrovisor.

—No pensarías que vivir se trataba sólo de la misma historia de siempre, ¿no? Un largo fin de semana en el centro comercial, armas nucleares en el trigal y vino en las comidas. Supongo que a estas alturas ya te habías hecho una idea, ¿no?

—Sí, algo hay de eso —admitió Raj—. Todo empezó con Molly. Ella fue para mí la gran señal.

—Ella es más que una señal. Creo que lo vas a conseguir.

—¿Lo dices porque tengo buen aspecto? —inquirió Raj, quien, poco a poco, se iba acostumbrando a la misteriosa seguridad de Serena. Miró hacia las luces de arco de sodio que iluminaban la autopista y se preguntó si algún granjero persa de la época de Zoroastro había mirado las estrellas con la misma sensación de misterio que él experimentaba, como si hubiese algo detrás de ellas que quisiera comunicarse con él. O quizá sus propios antepasados se habían sentido así en algún momento.

Se detuvieron frente a un edificio de ladrillo de una calle indeterminada. Estaba demasiado oscuro para distinguir algún detalle, pero había luz tras unas pálidas cortinas de muselina. Serena lo condujo al interior de su casa y Raj vio a Sasha, acurrucada en una butaca delante del omnisciente ojo del televisor.

—Hola —dijo Sasha sin levantar la vista. Llevaba un pijama rosa y su aspecto ya no era ojeroso.

—He traído conmigo a este hombre encantador —anunció Serena mientras se quitaba los zapatos y tiraba el pañuelo de la cabeza sobre el sofá antes de sentarse—. ¿Te encuentras bien?

Sasha asintió con la cabeza y miró a Raj con cierta ansiedad.

—He venido sólo como amigo —aclaró Raj—. Podemos hablar de lo otro más tarde, o simplemente podemos charlar.

Esto tranquilizó a Sasha y Raj se sintió aliviado. Quedaba mucho camino por recorrer para sacar a Sasha de las sombras, pero la había encontrado. Raj miró a su alrededor. La casa se parecía mucho a la de sus padres, con paredes gruesas del período de la posguerra y yeso estucado. Una lámpara de araña barata colgaba en el comedor, al otro lado del salón, y al final había una barra para el desayuno. Como en su casa, pero sin los Shivas y el cálido olor a curry.

—¿Vives aquí sola? —preguntó Raj.

—Casi siempre —respondió Serena—, pero el mundo no deja de llamar a mi puerta.

—Como hice yo —dijo Sasha. La habitación estaba en silencio; sólo se oía la suave música de violines de una vieja película que daban por la televisión. La parte analista del cerebro de Raj observó que Sasha no estaba rígida ni temblorosa. Su cuerpo reposaba blandamente en la butaca y parecía consciente de que las voces que oía en la habitación pertenecían a personas reales. Raj deseaba preguntarle por las náuseas matinales o cualquier otro síntoma de su embarazo, pero no era el lugar adecuado.

—Sólo puedo quedarme hasta las siete y media. Después tendré que regresar al trabajo —manifestó Raj—. Quizá deberías venir conmigo. Maya quiere verte.

—De acuerdo —dijo Sasha sin interés aparente.

Serena le hizo una señal a Raj en dirección a la cocina.

—Creo que es mejor para ella que se quede aquí, al menos por ahora —declaró cuando estuvieron junto al fregadero. La cocina olía a naranjas y a platos sucios—. En este caso tenemos que guiarnos por el instinto.

—¿Qué te hace decir esto? —preguntó Raj dudoso.

—*Ello* —dijo Serena.

—¿Qué quieres decir?

—No puedo utilizar otra palabra. —Serena movió los brazos como si quisiera incluir todo lo que estaba a su alrededor—. *Ello* lo sabe todo, lo dispone todo. Yo no encontré a Sasha por casualidad y tú tampoco me encontraste a mí de forma accidental. *Ello* nos unió del mismo modo que Molly y tú fuisteis atraídos el uno al otro.

—No creo que ambos casos sean comparables —dijo Raj con frialdad. Se preguntaba si el *ello* de Serena era la misma fuerza desconocida que le había guiado a él.

—Tu problema es que quieres poseer algo especial, protegido, sagrado. Así puedes seguir creyendo que Molly no está muerta, pero lo está, aunque haya regresado —aseguró Serena—. A menos que aprendas todo lo que puedas, cuando Molly deje de venir sólo te quedará un recuerdo. ¿Qué diferencia habrá entonces con cualquier otra persona que haya perdido a alguien?

Raj tragó con dificultad. Las palabras de Serena le afectaron porque estaban muy cerca de la verdad, y él tenía que contemplar todas las posibilidades, incluso que Molly no regresara nunca más.

Serena percibió su ansiedad.

—Tu pacto con Molly no ha concluido, ni para ti ni para ella —dijo.

Raj se sentía inquieto. Serena tenía razón respecto a que quería conservar a Molly como algo especial, y la sola idea de que esto se acabara lo aterrorizaba.

—¿Y qué ocurre si no hay ningún pacto, si mi búsqueda es sólo fruto de la desesperación? —preguntó.

—Entonces vivirás con dolor. Siguiente pregunta.

Otra vez demostraba esa extraña seguridad en ella misma. Serena parecía encontrar divertido a Raj, lo cual lo incomodaba, pero su actitud era menos felina. Raj no dudaba de su sinceridad, y con toda probabilidad era una influencia muy positiva para Sasha. Quizá tenía el don de clarificar los estados de confusión.

—Ahora tengo que irme —anunció Raj—. Por el momento, considérame el médico de Sasha. Todavía hay muchas cuestiones médicas de las que ocuparse y que son serias. Supongo que eso es todo.

Cuando se volvió para irse, Serena le tocó el brazo.

—Cuando me ves, ahora, no eres consciente de lo que he pasado. Sólo ves a una mujer normal que gestiona un servicio de limpieza y que, de vez en cuando, contrata a personas con problemas. Pero te daré mi plano.

—¿Trazaste un plano?

—No mientras experimentaba el proceso de cambio, no, sino después. No quería olvidarme del camino. Tú tampoco querrás olvidarte.

Salió de la habitación y regresó con una hoja de papel en la que había escritas tres palabras.

—Llévatelo. Es importante —le apremió Serena. Dobló la hoja y la metió en uno de los bolsillos de Raj—. No pongas esa cara de decepción. La próxima vez haré que me salgan chispas de las tetas, ¿te parece bien?

Cuando Raj se despidió, Sasha estaba dormida y el televisor emitía un programa de entrevistas. No se había acercado lo suficiente a ella para comprobar si se le notaba el embarazo debajo de su ropa holgada. Cuando Raj llegó a la parada de autobuses, desdobló la hoja de papel con curiosidad.

«Todo es posible», leyó.

Al día siguiente asignaron a Raj a la clínica de externos. Durante la mañana hubo una avalancha de pacientes. Le llevaron a una mujer deprimida porque sus hijos, ya mayores, creían que tenía impulsos suicidas. Tras saber que estaba embarazada había comprado tres cajas de raticida. La noticia del embarazo le había llegado a los cuarenta y un años, quince días después de que su esposo le anunciara que quería el divorcio. Otro paciente, un hombre de más de setenta años, había entrado en una espiral de psicosis involutiva al cumplirse el tercer aniversario de la muerte de su esposa. Se escondió debajo de la cama y dijo que estaba defendiendo las trincheras de un ataque alemán. Una madre acompañó a su llorosa hija adolescente y alegó que era una ninfómana impertinente, aunque estaba bastante claro que la chica era normal y era la madre quien padecía un trastorno potencial.

Resultaba extraño hablar con los pacientes para que sus fantasías afloraran cuando él tenía la intención de sumergirse en las suyas propias. Raj esperaba volver a ver a Molly. Como no aparecía, cerró los ojos y dijo mentalmente: «Bien, vamos a trabajar juntos. Mira a través de mí y yo hablaré por los dos.» Tuvo la sensación de que ella lo comprendía y estaba con él.

Se dirigió a la mujer de las tres cajas de raticida.

—No estoy de acuerdo con sus hijos. No creo que intentara suicidarse. ¿Estoy en lo cierto?

—¿Cómo lo sabe? —preguntó la mujer sin expresar conformidad o desacuerdo.

—Con la primera caja hubiera tenido suficiente, pero continuó comprando más. ¿Por qué? —preguntó Raj.

—No lo sé. Sencillamente, seguí comprándolas —respondió ella.

—Sin embargo, no las escondió muy bien, así que digamos que acariciaba la idea de que alguien las encontrara —sugirió Raj—. Quería que fuera un gesto dramático. Quería que alguien se diera cuenta de su existencia después de años de ser confundida con el papel de la pared.

La mujer miró de forma inexpresiva a Raj, que titubeó y se preguntó si no se habría equivocado por completo. Relacionar el veneno con el suicidio era una suposición muy natural.

«No dudes. Casi has dado en el clavo», oyó que Molly le decía.

Raj preguntó a la mujer si se sentía tan abandonada que quería acabar con su vida. Ella respondió que no. Raj le preguntó si se había quedado embarazada a propósito, a lo que ella respondió otra vez con una negativa. Él le preguntó si se sentía agobiada porque el embarazo hubiera coincidido con la intención de su esposo de separarse de ella.

—Sólo estoy deprimida. ¿No puede darme algo en lugar de hacerme todas estas preguntas personales? —protestó la mujer, que se estaba impacientando. Raj tomó su recetario, pues se había resignado a darle lo que quería, pero entonces oyó la voz en su interior.

«Dile que está mintiendo.»

La mujer tenía la mano extendida a la espera de la receta. Raj la miró fijamente a los ojos.

—No puedo prescribirle nada; no me ha dicho la verdad —manifestó. Los ojos de la mujer se abrieron como platos y a Raj se le ocurrió una idea—. Usted ha engañado a su esposo. Hacía años que él no la tocaba, pero usted le propuso tener relaciones sexuales otra vez, y con frecuencia. Tenía las pastillas anticonceptivas a la vista, pero no las tomó. Quería quedarse embarazada, y cuando lo consiguió su esposo se puso tan furioso que juró que iba a dejarla.

La mujer se quedó boquiabierta.

—¿Qué dice? ¿Me está acusando? —preguntó realmente alarmada.

«Dile que todo va bien, que quedarse embarazada fue la decisión correcta.»

—Nadie la está acusando —repuso Raj con amabilidad—. Su motivo era perfectamente humano. Necesitaba una garantía de que la querían y los hijos son una prueba de eso, ¿no es así?, aunque su marido no se lo demostrara.

«Bien dicho.»

Raj esperaba que la mujer se sintiera conmocionada o se pusiera a llorar, pero sonrió como si una gran confianza se hubiera apoderado de ella.

—Pensaba que no tenía derecho a traer un hijo al mundo por razones egoístas. Todo me salía mal. Harry había empezado a odiarme. ¿Y dice que mi decisión es la correcta?

—Sí.

Raj vio que el alivio se extendía por el rostro de la mujer, y percibió una misma pauta en lo que Molly hacía. Volvía a conectar a las personas. Todos, incluido él mismo, habían perdido la conexión. Sus almas estaban ocultas tras capas y capas de dolor, juicios hacia uno mismo e indecisión. Vivían en función de la rabia y el miedo porque no sabían que había otras formas de hacerlo.

Con la ayuda de Molly, Raj les enseñaba, y él mismo aprendía, que no estaban perdidos. Aunque él no lograra llegar a ellos, Molly lo hacía.

La pauta continuó funcionando. Raj le pidió a la madre de la chica ninfómana que saliera unos instantes de la habitación y se dirigió a la joven.

—No tengas miedo. Tú no eres la paciente.

—¿Qué quiere decir?

—¿Tu madre va al psiquiatra? —preguntó Raj. La chica no respondió—. Las familias, por vergüenza, guardan secretos aunque a veces no deberían hacerlo.

—¡Odio la forma en que me trata! —estalló la chica de repente.

—De modo que sales todas las noches aunque tengas que hacerlo a escondidas. ¿Es esto lo que le dio a tu madre la idea de que te acuestas con cualquiera? —preguntó Raj. La chica asintió con tristeza.

«Dile que ese chico, Jeffrey, no es la solución.»

—Tengo la sensación de que confías en un chico y crees que resolverá tus problemas, pero no es así —aventuró Raj.

—Jeff se porta bien conmigo. Ella es una bruja —dijo la chica con resentimiento.

—Pero él no es tu familia, y sois demasiado jóvenes para formar una juntos —dijo Raj.

—¿Qué espera que haga? Mi madre está convencida de que soy una ninfómana.

«Anímala.»

—Tendrás que ser valiente. Tu padre no intervendrá. Su propia madre fue internada cuando era niño y ahora no es capaz de traicionar a tu madre de esta forma, de modo que lo que hagas depende de ti. Tú y yo seremos aliados. Observa a tu madre con discreción durante una semana y después telefonéame aquí, al hospital. Si sigue actuando así, quiero que vengas con ella en la próxima visita. Entonces buscaré una medicación para ella —dijo Raj.

Quizá debido a que era joven o simplemente porque se hallaba al borde de la desesperación, la chica aceptó su propuesta sin una reacción dramática. Pero cuando se marchaba, Raj vio que ya no caminaba con la cabeza gacha, y en el último instante se dio la vuelta y lo abrazó.

Sólo el tembloroso hombre que libraba la Batalla del Bulge debajo de su cama estaba demasiado aterrorizado para que Raj pudiera comunicarse con él. Raj le prescribió una dosis masiva de tranquilizantes y programó una visita de seguimiento para la semana siguiente.

A mediodía Raj se sentía con mucha energía, como si hubiera dormido toda la noche. Levantó el auricular del teléfono con la intención de llamar a Maya. Habib asomó la cabeza por la puerta.

—¿Comemos? —le propuso.

Raj escuchaba el tono de llamada al otro lado de la línea.

—Tengo mucho trabajo —respondió.

En lugar de marcharse, Habib se acercó y cortó la comunicación.

—Ya no hablamos nunca.

—No digas eso —dijo Raj, molesto por la forma arbitraria en que Habib había interrumpido la llamada.

—Voy a serte sincero —le advirtió Habib—. Nadie se ha comunicado contigo últimamente. Se supone que trabajamos en grupo, es parte de la formación. —Habib frunció el ceño—. No me digas que has estado ocupado. Esto es psiquiatría, amigo, ¿recuerdas?

—Sí.

—Entonces, come conmigo y hablaremos sobre tu estado mental, que podría ser de una alegría patológica —dijo Habib—. Aunque lo dudo.

—No me pasa nada malo —replicó Raj.

—En tus circunstancias, diría que podrías equivocarte en esa apreciación —manifestó Habib.

—¿Eso es lo que crees, que estoy trastornado y lo disimulo? ¿Por qué habría de hacer algo así? —preguntó Raj, conteniendo su enfado.

—Por si todavía no te habías dado cuenta, no estás en el mundo normal —observó Habib—, sino en el mundo de los psiquiatras. Olvídate de la intimidad y de la dignidad del dolor. Damos cuenta de todos nuestros sentimientos. Los hacemos jirones y a partir de ellos descubrimos cómo funcionan nuestros pacientes, porque hemos estudiado en nosotros mismos hasta el más leve indicio. No tienes otra opción.

—¿Alguien te ha enviado? ¿De eso se trata? —le interpeló Raj.

—No ha sido necesario. Tu comportamiento me ha hecho venir —afirmó Habib—. Mírate a ti mismo. Estás tan exaltado que me pregunto qué les debes de decir a tus pacientes. Si sigues por este camino, te van a parar los pies, amigo mío.

Raj le dejó hablar. Con cada palabra que pronunciaba, la distancia que los separaba se agrandaba y a Raj ya le parecía bien. A partir de aquel momento, sólo necesitaba un amigo.

—No he venido para estropearte el plan —decía Habib—, pero no hace mucho he revisado tus expedientes. Diriges demasiado a tus pacientes. Les das indicios y ellos sueltan lo que saben que quieres oír.

—No hay nada reprochable en mis expedientes. Dime qué fallos has encontrado —replicó Raj, que empezaba a enojarse de verdad.

—¡Dios! —Habib sacudió la cabeza y se marchó sin responder.

Raj permaneció en la silla hasta que su nerviosismo se apaciguó.

Todavía sostenía el auricular del teléfono en la mano. Esperó por si experimentaba síntomas de duda, pero como no fue así volvió a marcar el número de Maya, que respondió después de tres llamadas.

—He encontrado a Sasha —anunció Raj.

—¿Anoche, en el bar? —Maya parecía aliviada pero a la defensiva—. Y ¿qué pasó?

—Tiene a alguien con quien quedarse. Yo diría que ha encontrado otro hogar aparte del suyo. Su aspecto era bueno. Por lo visto, se toma las medicinas.

—Gracias a Dios. —Raj percibió una cálida ola de emoción a través de la línea—. ¿Cuándo regresará?

—Todavía no hemos hablado de eso. De momento, sólo quería observarla —mintió Raj. Su intención era mantener a Serena y a sus propios asuntos al margen.

—¿Puedo comentarte algo? —preguntó ella.

—Adelante.

—La última vez que nos vimos querías arrancarla del purgatorio ¿y ahora has decidido observarla?

—Cuando he visto que se encontraba bien, me ha parecido que molestarla sería un error. Aparecí de repente y ella podría haberse puesto peor. Es una cuestión delicada.

Raj esperó. Su explicación le pareció aceptable. Maya respondió en un tono más suave.

—Lo importante es que no se haya precipitado al vacío. No la hemos perdido —manifestó.

—Exacto. Así es.

—Entonces podríamos celebrarlo. Quizá no sea ésta la palabra correcta, pero ya sabes lo que quiero decir —dijo Maya con voz indecisa—. Si te sientes de humor para ello.

—Claro. Me parece bien —contestó Raj, que no lo veía claro en absoluto. Se citaron para el sábado por la noche.

Justo antes de terminar el turno, Clarence se encontró con Raj junto a la máquina de café.

—¡Eh! —exclamó Clarence mientras buscaba cambio en los bolsillos de su bata blanca.

—¿Forma usted parte del pelotón? —le preguntó Raj.

—Eso depende —respondió Clarence, quien normalmente no era evasivo en sus respuestas—. Hay quien cree que se está volviendo un poco extremista.

—¿Es una forma de decirme que quiero que mis pacientes mejoren demasiado deprisa? Tengo la impresión de que nadie en este departamento cree en los progresos —declaró Raj.

—Los progresos no se pueden forzar.

—¿Qué quiere decir?

—Quiero decir que todos los pacientes tienen una idea en la cabeza, y no es mejorar, sino evadirse. Mejorar es un trabajo duro, mientras que evadirse es fácil y te ayuda a sentirte bien. ¿Qué opina acerca de la evasión? —preguntó Clarence.

Raj titubeó. Clarence no quería ponerlo entre la espada y la pared, sólo quería asegurarse de que él mismo no se estaba evadiendo. En psicología, la evasión es uno de los principales peligros de la profesión. Significa creer que eres la persona idónea para curar al paciente; significa caer en la fantasía de que eres omnisciente y omnipotente. Sobre todo, significa que sólo tú puedes encontrar las palabras mágicas que sanarán una mente turbada.

—No estoy forzando a nadie —dijo Raj asegurándose de que el tono de su voz fuera en todo momento respetuoso—. Quizás actúe de forma más íntima que otras personas de este hospital. No tenemos por qué actuar como semidioses distantes. Me gusta acercarme a mis pacientes.

Clarence le escuchó observándolo con atención.

—No tiene derecho a intimar con nadie en este momento —dijo con rudeza.

—No me refería a ese tipo de intimidad.

—Quizá no lo haga abiertamente, pero hay muchas maneras de seducir. La terapia no consiste en satisfacer sus necesidades. Estoy de su parte y no me gustan los chismorreos, pero ambos sabemos que éste no es el período más estable de su vida. —La voz de Clarence perdió aspereza. Puso la mano en el hombro de Raj—. Tenga cuidado con sus juicios, eso es todo. Le garantizo que el asunto está concluido. Ahora déjeme que le aplique un tratamiento de café asqueroso. —Clarence echó unas monedas en la máquina y levantó el puño dispuesto a golpearla si no caían al interior.

Cuando, por fin, regresó a su apartamento, Raj cayó en un profundo sueño. Diez horas más tarde se despertó, y su euforia había desaparecido. Una tenue luz gris se filtraba a través de las persianas. Después de afeitarse encontró un mensaje en el contestador que debió de grabarse mientras dormía. Era de Serena. «Cariño, ¿estás ahí?... Bueno, te lo cuento de todos modos. Le he dicho a nuestra amiga que debía regresar a la facultad y adaptarse de nuevo. Ya es hora. Es probable que no te llame, pero, si lo hace, creo que deberías saber que un chico de la facultad es el padre del hijo que espera. Un tal Barry, creo. Sasha dice que no se acostó con nadie mientras deambulaba por las calles, aunque eso es dudoso, pues no sabe en qué estado se encontraba en aquellos momentos.»

La cinta del contestador había llegado al final antes de que Serena pudiera añadir nada más y no había vuelto a llamar. Raj cayó en la cuenta de que no sabía su número de teléfono, y el mensaje era importante. Raj pensó en él mientras se vestía y se preparaba para encontrarse con Maya en el centro de la ciudad. Se habían citado en uno de los restaurantes indios de la calle Sesenta y seis, como solían hacer antes de que Raj la dejara.

Cuando entró en el restaurante vio una estatua del dios Ganesh envuelta en bombillas de colores; su trompa de elefante centelleaba con luces rojas y verdes. Raj no había pensado en las Navidades hasta ese momento. Maya se levantó y le saludó desde una mesa de la esquina. Durante la cena estuvo relajada. No mencionó a Molly ni aludió a su pérdida esperando a que él diera el primer paso. Sin embargo, se mostró muy interesada cuando Raj habló de Sasha y la posibilidad de que tuvieran que ir a ver a Barry otra vez.

—Pensaba que habías sido demasiado duro con él —dijo Maya—, pero ahora ya no lo creo.

—Barry no la apoyará. Lo mejor sería que cediera enseguida y reconociera que el niño es suyo, sobre todo si es cierto que sólo se ha acostado con ella una vez —observó Raj. Ya presentía un enfrentamiento y, quizás, una intervención judicial. El historial psicótico de Sasha actuaría en su contra, y si sus padres, trastornados, acudían a los tribunales para obtener el ADN de Barry y probar que era el padre, cualquier abogado medianamente competente haría pedazos la historia de Sasha. Raj no encontraba la manera de construir una versión aceptable de la vida sexual de Sasha.

Salieron del restaurante, pero todavía no eran las diez y Maya quería ver el árbol del Rockefeller Center. Raj había bebido una copa de vino con el estómago vacío y cuando ella deslizó una mano en la suya, no la apartó. El paseo por la Quinta avenida, adornada con guirnaldas de luces blancas, llenó sus sentidos. La animada ciudad le formulaba una pregunta silenciosa: ¿Qué te hace creer que existe otra realidad? Raj conocía el dicho de que muchos serán los llamados y pocos los escogidos. ¿Por qué se suponía que los elegidos eran los afortunados? La advertencia de Clarence sobre la falta de fiabilidad de sus juicios era una muestra de los problemas con los que Raj podía encontrarse.

Cuando se apoyó en la barandilla y observó a los patinadores que daban vueltas en la pista hundida de la plaza, la vista de sus cuerpos lo hizo reflexionar.

—¿En qué estás pensando? —preguntó Maya.

—Estaba pensando en el alma, en cómo podría ser que viajara en círculos, como ellos —respondió señalando a los patinadores—. Tengo la sensación de que los mismos patrones se repiten una y otra vez. Todos los días hago algo diferente, pronuncio palabras distintas y tengo pensamientos que no son los del día anterior. Pero ¿y si mi alma está dando vueltas a mi alrededor y vuelve siempre a algo que quiere que yo sepa?

—Es la primera cosa india que te he oído decir —indicó Maya.

Tenía razón. Para los indios, las almas no viajan en línea recta, y aunque Raj no había regresado nunca a la India, las viejas enseñanzas de su infancia volvieron a su mente. Recordó que las almas no son flechas que las acciones de las personas disparan hacia el cielo o el infierno, donde se quedan para siempre. El alma es como un pájaro que sobrevuela en círculos las aventuras cambiantes de la vida. No existen la condenación ni la recompensa eternas. Cuando una vida termina y se suma lo bueno y lo malo, el alma varía levemente su ruta. Desciende o se eleva, pero vuelve, una vez más, a las lecciones de la vida.

Esta creencia proporciona segundas oportunidades. Ninguna acción es única, todas se repiten muchas veces hasta que se extrae la última esencia. ¿Se trata acaso de avaricia o es simplemente minuciosidad? Quizá sea cierto que en lo más profundo de nuestro ser sabemos la verdad. Hemos vivido demasiado para creer en resultados definitivos. Como patinadores que chocan y se cruzan sobre el hielo plateado, que se toman las manos para dar un giro y se dejan ir otra vez, las almas vuelan juntas y luego se separan. Nadie es nuevo para nadie, nadie es un desconocido para nadie. El baile es eterno, y nuestra única elección es decidir cuánto tiempo queremos pasar con los compañeros que nos atraen.

—Ya tengo bastante. Hace frío —dijo Raj sin ceder ante la expresión de decepción que se dibujó en la cara de Maya. No tenía sentido darle esperanzas cuando él todavía tenía promesas que cumplir. Se volvió de espaldas a la barandilla y sintió un ligero vértigo. Por ello dudó cuando vio a Molly acercarse a él. Llevaba puesto un abrigo negro de lana con el cuello de piel de zorro. Raj lo reconoció de inmediato, pues era una de las pocas cosas de su madre que Molly se ponía.

«¿Por qué ahora?», pensó Raj.

«Por ella.» Molly miró a Maya, quien golpeaba el suelo con los pies para quitarse el frío mientras esperaba a Raj.

«¿Qué sucede con ella?»

«Os pertenecéis el uno al otro. Ella representa tu felicidad y tu futuro», dijo Molly.

«Eso no es cierto. Tú eres mi felicidad.»

«Te dije que había hecho un trato. Por eso estoy aquí. Pero todo lo que aprendas de mí lo vivirás con Maya.»

Raj sacudió la cabeza, profundamente afligido.

«Estamos juntos porque lo prometimos. Para siempre.»

«Eso no cambiará. Ten paciencia y observa», dijo Molly.

Raj corrió hacia ella como si Maya no existiera, pero sintió que ésta le tiraba de la manga.

—No te vayas —dijo Maya—. Tienes un aspecto muy extraño.

—Déjame ir. No te necesito —soltó Raj mientras se resistía al tirón de Maya.

—Quizá necesites que alguien te recuerde lo que es real. No estoy ciega. Sé que estás pensando en ella. Sigues viéndola y así no mejorarás. —Aunque era una persona amable, Maya se mantuvo firme y pronunció aquellas palabras sin reproches.

Raj respiraba agitadamente.

—¿Quién eres tú para decir qué es real? —le espetó—. Yo sé lo que quiero.

—De acuerdo —cedió Maya—. Ten lo imposible si es lo que quieres, pero algún día tendrás que superarlo. Al menos déjame que te desee eso.

Era lo más fuerte que Maya le había dicho desde que rompieron. La mente de Raj era presa de la confusión. Maya seguía los pasos que la llevaban hacia él, como Molly había previsto.

—Sé que estás convencida de que tienes razón —masculló Raj, lo cual no significaba nada.

—¿De modo que acabas de ver algo? Está bien —dijo Maya. Como Raj no respondía, prosiguió—: No estoy aquí para negarte a alguien a quien has amado. ¿Cómo podría hacerlo? Molly nunca fue real para mí, de modo que no somos enemigas. Lo entiendes, ¿no?

Raj miró a Maya como si ésta fuera una marioneta hablante. Al final, dijo:

—Lo que es irreal para ti es muy real para mí.

Ya fuera para tranquilizarlo o para mantenerlo a su lado, las palabras de Maya tomaron un rumbo inesperado.

—Después de mi nacimiento, nos quedamos en la India el tiempo suficiente para que aún recuerde a mi *ayah*. Era la niñera más vieja de todo el vecindario. Una mujer de carácter. Creo que había cuidado a mi madre y quizás a mi abuela, ¿quién sabe? Era muy supersticiosa, y cuando tenía algún problema iba al templo en busca de respuestas. Mi madre no lo desaprobaba, de modo que si una sobrina de la niñera tenía tifus o el marido de una vecina la pegaba, mi niñera se iba y me llevaba con ella.

»Pero mentía. No íbamos al templo, sino a un cementerio. Yo ni siquiera había imaginado un lugar como aquél, porque los hindúes no entierran a los difuntos en cementerios. La niñera me hacía sentar en el suelo, cerca de la verja, y trazaba un círculo de tiza a mi alrededor. A continuación me advertía de que, si salía del círculo, unos demonios horribles me comerían viva. Yo me asustaba muchísimo y me pasaba la mitad del tiempo llorando. La niñera siempre volvía con una expresión decidida en el rostro. Había encontrado la respuesta.

»Un día me sentí mayor hasta el punto de que la curiosidad venció al miedo. Cuando la niñera me dejó sola, salí del círculo y la seguí. El cementerio era un lugar decadente incluso para la India, con el suelo lleno de cosas que no querrías ni ver. Durante un instante perdí de vista a la niñera, pero allí estaba, de rodillas y hablando consigo misma entre los escombros de las tumbas. Me acerqué poco a poco y la toqué en el hombro. Ella gritó. Durante una décima de segundo, vi a los que le daban las respuestas. El grito de la niñera me hizo dar un salto, pero cuando terminó de reñirme y tirarme del pelo, comprendió que yo también los había visto. Creo que eso le gustó. Después de aquello me trató mucho mejor. Hicimos el pacto de no decírselo a mis padres y yo lo cumplí.

—Creí que estabas a favor de la realidad —exclamó Raj—, que tu objetivo era hacerme volver a ella desde dondequiera que estuviera.

—Así es —admitió Maya—, pero el círculo podría ser más grande de lo que me crees capaz de aceptar, y yo podría tener el valor suficiente para salir de él.

—Oh.

10

Después de dejar a Maya en la estación del metro, Raj no podía dormir. Permaneció despierto mirando al techo. Necesitó horas para recuperarse de la impresión que le había causado ver a Molly y a Maya juntas. A excepción de la noche en que llevó a Maya al teatro, había conseguido mantenerlas separadas, lo cual había tranquilizado su conciencia pero no había conseguido ocultar la verdad. Las amaba a las dos, y las dos estaban igualmente vivas.

Una persona cuerda habría dicho que la situación de Raj era imposible. Un hombre no puede amar a dos mujeres, sobre todo si una es un fantasma. De todos modos, Maya también era, en ciertos aspectos, un fantasma. Aunque Raj pudiera hacerla volver con él, no podían revivir el pasado. Y, por otro lado, aunque se entregara por completo a Molly, ella no podía ser suya.

Las persianas dejaban pasar la fría luz de la luna invernal, que incindía sobre la cama. La mente de Raj no dejaba de buscar una solución. Sólo Molly tenía la respuesta, pero no respondía a sus llamadas. ¿Cuántas horas habían transcurrido? ¿Seis, ocho? Y Molly seguía sin aparecer. Cuando Raj se replegaba en sí mismo para escuchar su voz, sólo oía el zumbido de sus propios pensamientos. No había ninguna presencia en la oscuridad salvo la cruda luz de la luna que, ahora, se reflejaba en su rostro.

A las cuatro de la madrugada saltó finalmente de la cama convencido de que sólo una persona podía comprenderlo. Azotado por un viento helado, golpeó el suelo con los pies hasta que llegó el primer autobús. Una hora más tarde se acercaba a la casa de Serena caminando por el pavimento cubierto de escarcha. Todavía faltaba una hora para que amaneciera. Raj se acuclilló en la escalera para conservar el calor corporal y esperó. No quería llamar hasta oír señales de vida en el interior. Cuando Serena abrió la puerta envuelta en su vieja bata, Raj estaba casi congelado. Lo acompañó hasta la cocina.

—Si vas a morir de amor, nada impide que lo hagas con un poco de comida en tu estómago —dijo ella.

—Sólo café.

Ver a Serena lo animó. Se sentaron junto a la mesa de pino barato en lugar de hacerlo en la barra para desayunar.

—La he visto —empezó Raj—. Más de una vez. Me habla.

—¿Qué te dice? —preguntó Serena.

—Me enseña. Sobre todo, cuando estoy con los pacientes. Me guía hacia algo.

—Hacia la sanación —afirmó Serena con tranquilidad—. Si tienes suerte.

—¿Qué quieres decir? —preguntó Raj.

—Los fantasmas no nos guían hacia la sanación, pero si ella no es un fantasma, entonces algo muy bueno e importante puede estar sucediendo.

Raj quería creerla desesperadamente, pero vaciló.

—El asunto se está complicando. Maya, mi antigua novia, empieza a sospechar. No puedo contarle la verdad, pero si no lo hago… —Su voz se apagó.

—Déjala que sospeche —aconsejó Serena—. Éste en un paso importante.

—¿Hacia dónde? Estoy desorientado por completo. Siento que sólo soy real cuando Molly está en mi interior. ¿Quién podría creerme?

—Cualquiera que haya amado de verdad —aseveró Serena con firmeza—. Millones de personas anhelan poder volver a comunicarse con alguien que ha muerto. A ti te ha ocurrido, así que presta atención y descubre por qué. —Raj permaneció en silencio—. Comprendo —continuó Serena—. Continúas obsesionado. Quieres tener más encuentros. Quieres verla una y otra vez.

—Sí, desde luego. —Raj no titubeó. La alternativa era un agujero vacío donde antes había estado Molly.

—¿Quieres irte a vivir con ella? —preguntó Serena—. ¿Y qué ocurriría si utilizara tu cepillo de dientes o coqueteara con otros difuntos?

—¿Piensas que me estoy engañando a mí mismo? —preguntó Raj.

—No te quiero quitar nada —repuso Serena—. Puedes conseguir lo que desees. —Si no hubiera dicho esto, Raj se habría marchado, pero se agarró a lo que le ofrecía.

—Eso es lo que quiero —exclamó Raj con vehemencia—, aunque termine sintiéndome totalmente desgraciado. Aunque tenga que renunciar a todo.

—¿Por qué eres tan extremista? —replicó Serena con brusquedad—. Con toda esta desesperación y ese estar enamorado de la oscuridad, con toda esa autocompasión. Estas cosas no se hacen así.

—¿Cómo se hacen? —preguntó Raj tranquilizándose aunque se sentía como un camión cuesta abajo.

—Molly lo sabe —respondió Serena—. Suponiendo que tengas suerte y sea lo que tú crees que es. —Se levantó y se ciñó la bata—. La casa tarda un poco en calentarse. ¿Puedes apagar la cafetera y prepararte algo mientras me visto?

Raj asintió y fue a la cocina, pero comer le resultó imposible. Unos minutos más tarde estaba en el pasillo, frente a la puerta del dormitorio de Serena. Reinaba el silencio salvo por algún crujido ocasional al otro lado de la puerta. Oyó que tiraba unos zapatos al suelo. Debía de haberse sentado para maquillarse, pues un olorcillo a perfume se filtró por debajo de la puerta. Raj se acordó de las palabras de Molly respecto a Maya.

«Os pertenecéis el uno al otro. Todo lo que aprendas de mí lo vivirás con ella.»

Molly ya le había revelado la solución, sólo que él no podía descifrar su significado. Volvió a la salita y se dejó caer en el desgastado sillón en el que Sasha se había sentado. Cuando Serena regresó, se aposentó en el sofá que había enfrente y observó a Raj.

—Me has dicho que Molly te habla sobre tus pacientes. ¿Lo que dice es acertado? —preguntó Serena.

—Sí. Por las reacciones que observo en ellos, diría que acierta de un modo sorprendente —respondió Raj.

—¿Cómo explicarías esto?

—No puedo explicarlo. Me desconcierta incluso mientras hago lo que me pide y digo lo que me indica —manifestó Raj.

—Eso es bueno —recalcó Serena. Antes de que Raj pudiera responder, levantó la mano—. Cuando era pequeña, conocí a una mujer que se llamaba Amelia Sánchez. Tenía las dos piernas rotas a raíz de un accidente en un barco de pesca. Amelia llevaba confinada en su casa muchos años, y se consumió de estar sentada al sol junto a sus muletas esperando que el mundo le trajera algo bueno. Su esposo se había ahogado en el mismo accidente, así que tenía poco más que sobras para comer si es que sus hijos se acordaban de traérselas.

»Tú eres una persona sofisticada, así que no estás interesado en comunicarte con los fantasmas. En cambio quieres lo imposible. En mi pueblo, la gente estaba encantada con los fantasmas. La solitaria Amelia se convirtió en una especie de hacedora de milagros. Cuando alguien necesitaba hablar con un familiar muerto acudía a ella, aunque el sacerdote lo supiera. Todos salvo mi madre, que se burlaba y no entendía que hubiera gente tan crédula.

»—He visto a esa vieja tullida obtener información con zalamerías. A estas alturas lo sabe todo de todos —decía mi madre—. Recopila todos los cotilleos y los pone en boca de los difuntos. Es ridículo.

»Lo que nadie sabía es que yo también veía a los fantasmas, de modo que podía afirmar que Amelia no era una impostora. Aunque no digo que no lo adornara con unos cuantos chismorreos para asegurarse de que el público volviera.

»En realidad, los fantasmas son muy desgraciados. No aceptan la bondad de la muerte. Además, sufren a causa de sus expectativas. Esperan regresar o decir algo importante que olvidaron comunicar antes de morir. Algunos, sencillamente, buscan venganza. Pero, sobre todo, se agarran a este mundo porque tienen miedo de lo desconocido.

»Guardé mi secreto durante mucho tiempo. Iba por su casa con trozos de plátano frito o escamas de coco seco para sentarme cerca de la vieja bruja y oír lo que contaba a la gente. Al cabo de un tiempo me dirigí a mi madre y le dije que estaba equivocada, que Amelia hablaba con los fantasmas de verdad, pero que ella también tenía razón, porque se trataba sólo de chismorreos, y que aunque fueran chismorreos del más allá, no por eso eran mejores. A partir de entonces, no volví a la casa de Amelia.

—Eras una niña con una gran presencia de ánimo —observó Raj.

Serena sonrió abiertamente.

—Las cosas no cambian mucho. En aquel momento decidí que nunca estaría sola como Amelia Sánchez ni esperaría junto a la puerta a que el mundo me trajera las respuestas. Decidí, también, no aferrarme al pasado y no tener expectativas. Abandoné las esperanzas descabelladas y perdí el miedo a lo desconocido. Pero nada de esto es extraordinario.

—Sí que lo es. Te infravaloras —replicó Raj.

—No, lo extraordinario fue mi concepto de la muerte. La miré sin miedo y comprendí que no es un final. Es en la muerte donde se termina la decepción y algo maravilloso se abre ante nosotros: lo desconocido. Si pudiera, me pondría delante del mundo entero y gritaría: «No tengáis miedo. La muerte es sólo un salto del alma.» Pero, probablemente, los que podrían entenderme no estarían entre los que me escucharan. —Esto último lo dijo sin ironía ni pesar. Para ella, era sólo un hecho que aceptaba.

Mientras escuchaba, una imagen surgió en la mente de Raj. Vio a unas personas que se apiñaban en la oscuridad. Cada una de ellas llevaba una linterna. Se hallaban en una galería de arte, y al mirar los cuadros las luces de las linternas reducían su visión a una sola imagen cada vez. No veían la sala completa, llena de obras maestras.

Raj tuvo una inspiración. La vida era como la galería de arte. Él sólo tenía una linterna, pero Molly podía ver toda la sala. Ése era el salto que el alma de Molly había dado.

—Ahora puedo responder a tu pregunta acerca de por qué Molly entiende a mis pacientes —exclamó Raj—. Ella los ve como un todo completo; ve todas sus partes. La muerte le ha otorgado amplitud de visión.

Serena asintió con la cabeza.

—Por eso estoy segura de que no es un fantasma. Tú me

diste la clave. Ahora tienes que dar el paso siguiente y empezar a considerarla algo distinto de la mujer que te ama.

—¿Cómo? —preguntó Raj al tiempo que sentía una punzada de ansiedad.

—Tienes que empezar a considerarla un alma —dijo Serena.

Raj se puso de pie y se dio cuenta de que el sol matutino ya estaba a la altura de sus ojos. Debía de llevar allí dos horas.

—Me pides que me rinda —dijo—. Me pides que la deje ir cuando todo en mí grita que quiere poseerla. No puedo prometer nada. Para mí, ella es aún la mujer sin la cual no puedo vivir. Pero, al menos, no veo fantasmas. En esto estamos de acuerdo.

Serena soltó una carcajada y Raj sintió que los bordes de las orejas le ardían.

—El problema, cariño, no está en ver o no ver fantasmas —dijo ella—. En tu caso radica en no hacer el amor con ellos.

A las diez, cuando Raj salió del ascensor que daba a la planta de psiquiatría, vio sangre en las paredes. Una enorme mancha roja empezaba a la altura del pecho y goteaba hasta el suelo, a menos de medio metro de la sección de las enfermeras.

—Claudia —dijo una voz. Se trataba de Mona que, por alguna razón, no parecía horrorizada—. Ha estado tirando latas de nuevo, esta vez abiertas. Fantástico. Es sopa de tomate. Ven conmigo.

Raj la siguió hasta la habitación de Claudia. Estaba atada a la cama con correas y recibió a Raj con un chillido escalofriante. Sacudía la cabeza de un lado a otro con fuerza. Intentaba esquivar la mordaza de goma que Mathers sostenía sobre su rostro.

—Nadie le ha hecho daño y nadie va a hacérselo —dijo

Mathers con voz contenida—. Ha sufrido un ataque, ¿comprende? —Miró por encima del hombro hacia Raj, que se acercaba.

—¡Bastardo!, ¡criminal! —gritó Claudia.

—No le voy a poner la mordaza otra vez a menos que tengamos que protegerla de sí misma —aseguró Mathers.

—No se la va a poner otra vez pase lo que pase —replicó Raj enfadado—. Estoy aquí, Claudia. Todo va a ir bien. —Al otro lado de la cama, una enfermera hacía guardia. Todos estaban en tensión y concentrados en su labor.

—¡Bastardo! —seguía gritando Claudia sin hacerle caso a Raj.

—Doctor Mathers, ¿quiere hacerse a un lado? —preguntó Raj mientras le lanzaba una mirada que acalló toda protesta.

Mathers se marchó, inclinando ligeramente la cabeza y en silencio, con la enfermera. En aquel momento, a Raj no le importaba la situación médica de Claudia. Se sentía demasiado conmocionado por su cambio de aspecto. Los ojos se le salían de las órbitas y giraban en todas direcciones como los de un caballo loco. Le faltaban mechones de pelo que dejaban al descubierto unas calvas lívidas en el cuero cabelludo. Parecía veinte años más vieja.

—Estoy aquí —repitió Raj.

Esperó un momento a que Claudia lo reconociera. Cuando lo hizo, clavó los ojos en Raj y él le desató una correa que le sujetaba una muñeca. Su antebrazo estaba en tensión, como si fuera a moverlo de golpe, pero los músculos se relajaron. Raj desató la otra correa y se sentó.

—¿La luz es demasiado intensa? —le preguntó para comprobar si estaba en contacto con la realidad. Claudia frunció el ceño y negó con la cabeza. De todos modos, Raj redujo la intensidad—. Mejor así —dijo.

Ésa fue toda su conversación durante los cinco minutos siguientes. Claudia apretaba los dientes y miraba con obstinación al techo.

—Y una mierda he sufrido un ataque —exclamó al fin con una voz que más parecía un grito—. ¡Se suponía que tenías que estar aquí!

—Ojalá hubiera estado.

Su tono apaciguador detuvo la rabia de Claudia en mitad de su progresión y se sucedieron otros cinco minutos de silencio.

—Esta vez he regresado al centro con rapidez —dijo Claudia a continuación.

—En un tiempo récord —subrayó Raj, que hacía lo posible por no mostrar el menor signo de desacuerdo—. Creí que disponía de un fin de semana largo, ¿o en esta ocasión se trataba de toda una semana? Algo debe de haber ocurrido.

—Ya lo puedes decir. —Claudia deslizó la mano por su cabeza para alisarse el cabello, pero notó una de las calvas—. ¡Cielos! —susurró con amargura.

—¿Recuerda qué le ha sucedido con exactitud? —preguntó Raj.

—El maldito Stanley Klemper es lo que me ha sucedido. Hace veintiséis años —soltó—. Pero esta vez ha sido la peor. No puedo esconderlo. —Un recuerdo que todavía no había revelado acudió a su mente y la voz se le quebró. A continuación, susurró con una tristeza profunda y casi incontrolable—: Es lo peor que me ha ocurrido en la vida.

—¿Por qué se han peleado? —preguntó Raj.

—Por ti —dijo Claudia.

—¿Qué ocurre conmigo? —Raj intentó disimular su sobresalto.

—No soporta que quieras cambiarme. Dice que lo único

que hacen los psiquiatras es entrometerse en los asuntos de los demás y arruinarles la vida. Intenté llevarle la contraria y se volvió loco.

—La violencia intimida mucho —admitió Raj—, pero aunque Stanley no lo soporte, ¿usted quiere cambiar?

Claudia asintió. Aunque estaba asustada y trastornada, sus ojos expresaban confianza. Raj creyó, o quiso creer, que aquel episodio no constituía un paso atrás.

—Si Stanley me considera un problema —manifestó—, es porque se siente amenazado. Tiene muchas imágenes de usted. Una es la de la mujer con la que se casó; otra, la de la mujer a la que puede engañar sin consecuencias; otra es a la que quiere amar pero no sabe cómo. Se siente culpable, y pegarle puede ser la única forma que tiene de sobrellevar su culpabilidad.

«Esto no va a funcionar.»

«¿Cómo?», pensó Raj.

«Esto no va a funcionar.»

El corazón le dio un vuelco. Era Molly. La voz que Raj oía en su interior era inconfundible. Su reacción, una mezcla de júbilo, alivio y gratitud, fue tan intensa que dejó de concentrarse en Claudia. Ésta le había escuchado con atención y, en la medida en que había asimilado las palabras de Raj, se había ido tranquilizando de manera visible.

—Stanley dice que si continúo viéndote nada bueno saldrá de ello —afirmó Claudia emocionada—. Sé que no puedo seguir contando contigo…. —Su voz se apagó y hubo un largo silencio.

—Siempre puede contar conmigo —repuso Raj. Pero su mente estaba en otro sitio.

«Escúchame —dijo Molly con un tono divertido en la voz—. ¡Esto no va a funcionar porque no hay ningún Stanley!»

Raj se quedó sin habla y miró fijamente a Claudia, que no

era consciente de lo que ocurría. Claudia se pasó los dedos por una calva de su cabeza y los retiró con rapidez.

—Tengo que ponerme bien —balbuceó al límite del sueño. Raj salió de la habitación enseguida. Todavía oía la risa de Molly, pero todo lo demás estaba muy confuso. La ira y la humillación recorrieron su cuerpo mientras avanzaba por el pasillo con precipitación.

—¿Doctor Rabban? —preguntó una voz.

Raj vio a Claudia con la imaginación, pero la visión era confusa. La cara y el cuerpo eran los suyos, y las palabras que pronunciaba coincidían con lo que él quería oír, pero había jugado con él para guardar un secreto. ¿Por qué?

—Si no le importa, tengo que hablar con usted.

La voz interfirió otra vez en sus pensamientos. Raj vio a Halverson, que le puso una mano en el hombro.

—¿Tiene un momento? —preguntó Halverson.

—Sí. Lo siento, estaba distraído.

Raj comprendió que Halverson quería caminar con él a lo largo del pasillo y así lo hicieron. Al principio, Raj no pensaba más que en librarse de él para preguntar a Molly acerca del engaño que acababa de revelarle.

—¿Sigue creyendo que fue una decisión acertada? —preguntó Halverson.

—¿El qué?

—Intimar con la señora Klemper. No es la técnica correcta y me preocupa. —La voz de Halverson denotaba inquietud más que amenaza. La idea de que su capacidad de juicio estaba alterada se extendía. Eso debía de ser.

—Creo que la comprendo —dijo Raj con precaución.

—Entonces, ¿cómo explica su repentina crisis explosiva? —preguntó Halverson.

—Tuvo una pelea violenta en su casa y ella… —Raj se detuvo en seco, pues de repente se dio cuenta de que todo lo que dijera sobre Claudia podía ser absolutamente falso—. Tengo que formularle más preguntas —añadió.

—¿Y por qué habría de creer en sus respuestas? Se siente demasiado dependiente de usted. Y en lugar de percatarse de ello y ponerle fin, usted ha alentado esa relación. Algunos dirían que es responsable de lo que ocurre ahora.

Todavía caminaban por el pasillo y Raj vio por el rabillo del ojo que Halverson estaba más que preocupado. Se dominaba, pero estaba furioso.

—Para evitar que los pacientes se dejen llevar por las fantasías —siguió en un tono cada vez más recriminatorio—, el terapeuta debe saber distinguir entre la fantasía y la realidad. Pero usted ni siquiera sabe si esta mujer vive en un engaño. O ella lo ha arrastrado a su mundo imaginario o usted la ha arrastrado a ella al suyo. Si se trata de lo primero, podemos achacarlo a la ingenuidad y la inexperiencia. No hay nada malo en ser inexperto. Pero si es lo segundo, desde mi punto de vista nos encontramos ante un acto decididamente criminal.

Raj se dio cuenta de que otras personas los estaban mirando. Era muy raro que Halverson perdiera los nervios, pero era impensable que lo hiciera fuera de su despacho.

—Todavía no sé lo que ocurre —admitió Raj con calma.

—¿No lo sabe? —Halverson sostenía en alto un expediente y lo sacudía frente a su rostro—. ¿Acaso se preocupó de entrevistar a esa mujer y enterarse de los hechos básicos?

—Sí, desde luego.

—¿De verdad? —Halverson abrió el expediente por la primera página. Su largo dedo señaló una línea cerca del borde inferior—. ¿Ve esto, doctor? —preguntó Halverson—. ¡No hay ningún Stanley!

Finalmente, la ira se reflejó en la voz de Halverson.

—Su marido estuvo confinado a una silla de ruedas durante los últimos cinco años a causa de una esclerosis múltiple, y murió el 10 de abril del año pasado.

Raj podía haber dicho que lo sabía. O podía haberse responsabilizado por equivocarse y haberse dejado llevar por la inexperiencia, pero sabía que se encontraba en un momento decisivo. Su equivocación sólo tenía importancia si aceptaba el punto de vista de Halverson, pero no era así; ya no. Molly ya no se reía. Sólo lo observaba con una mirada de amor.

El silencio de Raj tomó a Halverson desprevenido y suavizó su actitud.

—Todos metemos la pata —admitió Halverson—, pero a usted lo han engañado, y esto sólo ocurre cuando el terapeuta quiere que lo engañen. ¿Está de acuerdo?

Raj asintió, pues se dio cuenta de que el enfado de Halverson perdía fuelle.

—Supongo que pasó por alto los trucos y los evidentes intentos de esta paciente para conseguir su aprobación. ¿Por qué lo hizo?

—No estoy seguro, pero sí que lo estoy de lo que es real. En esto se equivoca —respondió Raj.

—¿En qué se basa para creer eso, joven? —le espetó Halverson. Su perspicacia se estaba poniendo en duda.

—Sé que Stanley es irrelevante —afirmó Raj—. Cuando lleguemos al fondo de la cuestión, Claudia se curará con o sin él.

Halverson no daba crédito.

—¿Cómo puede decir eso y quedarse tan tranquilo? ¿Acaso hace milagros a escondidas? —le interpeló—. Quizás el sufrimiento ajeno le causa demasiado dolor o quizá, simplemente, quiere ser amado y no sabe dónde buscar. ¿Alguna de estas apreciaciones podría hacerle cambiar de opinión?

—No, no lo creo —dijo Raj con firmeza.

Halverson lo miró airadamente.

—Tiene una paciente que se ha infligido unas cuantas heridas, aunque, por suerte para usted, no sean más que un ojo morado y unos tirones de pelo. También es probable que su tratamiento haya empeorado sus problemas en lugar de mejorarlos. Piense en esto y, cuando lo haya hecho, hablaremos.

Halverson se dio la vuelta y Raj esquivó las miradas de los que habían estado pendientes de su humillación. La mayoría de ellos eran pacientes, pues los empleados tenían la decencia de pasar de largo con la cabeza gacha. Raj siguió caminando hacia su destino original, la sala de los residentes.

—Malos tiempos, ¿no? —Habib se mostró amable. Lo esencial de lo que había ocurrido, si no los detalles más escabrosos, debía de estar extendiéndose por la planta.

—Es como si fueran a por mí —dijo Raj.

—Eres un idealista, ésa es la cuestión —observó Habib—, y por extraño que parezca, esta profesión no está hecha para idealistas.

—¿Cuál es la alternativa? —Raj sabía la respuesta, la de Molly, pero quería conocer la de Habib antes de dejar atrás esa parte de su vida.

Habib sacudió la cabeza.

—Quizá para ti no la haya. Te has olvidado de lo mezquinos que pueden ser los pacientes aquí. La locura es mezquina, pero a los idealistas no os gusta admitirlo.

Habib habló con cierta precaución, lo cual no era habitual en él; como si temiera hacer daño a una criatura frágil. Pero Raj no se sentía herido.

«Hora de marcharse», anunció Molly.

—Me voy a casa —dijo Raj—. No creo que nadie me eche de menos en lo que queda de día. —Al ver la cara larga de Habib, Raj reprimió una sonrisa.

«Tiene miedo por lo que te pueda pasar. Tranquilízalo con la verdad.»

—No estoy metido en un lío —dijo Raj mirando fijamente a Habib—. Si no me hubiera acercado tanto a Claudia, ella no habría mejorado. Y si me engañó con sus fantasías fue porque yo le daba algo. Llamémoslo por su nombre: amor. Quería más amor, así que adoptó el papel de víctima. Su método fue peculiar y, como era de esperar, se volvió en su contra, pero querer amor no es algo malvado, retorcido o disparatado.

—Comprendo —dijo Habib. Si Raj esperaba que mostrara admiración, se equivocó—. Bueno, veo en tu cara que sigues pensando que tienes razón.

—Así es.

«No discutas con él. Ya lo ha entendido», dijo Molly.

De repente, Raj dejó de pensar en Habib. Sabía dónde tenía que estar, así que se dio la vuelta y se fue sin decir nada más. Claudia estaba sentada en la cama con la bandeja de la comida sobre las piernas. Contemplaba un tazón lleno de gelatina roja.

—Has vuelto —dijo Claudia en un tono inexpresivo, sin dar a entender cuánto sabía del incidente del pasillo. Raj se sentó al borde de la cama. Su proximidad hizo que Claudia se encogiera ligeramente.

—Esto no es una sesión —advirtió Raj—. Podemos hablar, simplemente.

Claudia bajó la cabeza y puso la bandeja sobre el soporte con ruedas.

—Le he tomado el pelo durante un tiempo —dijo sin mucha convicción.

—Desde luego que sí.

«No esperes a que te cuente su historia. Háblale tú.»

—Creo que convirtió a Stanley en un monstruo porque le quería demasiado —dijo Raj—. Al contarme que era un egoísta, protegía unos sentimientos que podían consumirse y desaparecer. Ocurrió algo parecido a esto, ¿verdad?

Claudia miraba hacia otro lado. Apretó los puños para no apartar a Raj.

—Quería proteger contra viento y marea esos sentimientos preciosos. Eran todo lo que tenía. La gente no se desespera por un amor corriente. Me imagino que Stanley no tenía nada de corriente para usted —observó Raj con suavidad.

Transcurrieron unos instantes antes de que Claudia pudiera hablar.

—En su momento, era el hombre más maravilloso que pude soñar —dijo con voz ausente—. ¿Conociste a mi anterior médico? —preguntó. Raj negó con la cabeza—. Le gustaban los sueños y otras tonterías así. Como, por ejemplo, si quería a mi madre. Para mí no tenía ningún sentido y veía cómo, día a día, Stanley empeoraba. Nunca creí merecerlo. Sus padres dijeron que estaba loco por casarse conmigo. Tardó mucho tiempo en convertirse en un vegetal, pero al final todo se redujo a cambiarle los pañales y alimentarlo con sondas.

—Debió de sentirse aterrorizada —dijo Raj—. Más de lo que podía soportar.

—Mi mundo se derrumbó y no quedó mucho con lo que volver a empezar. —Claudia se rió con una ligera amargura—. Supongo que se podría decir que, durante mucho tiempo, perdí la chaveta.

Hablaba con sencillez, sin intentar poner a Raj de su parte y, entonces, se interrumpió. Sus ojos mostraban la mirada vacía de quienes han recibido muchos golpes en la vida. Raj contempló el rostro triste de Claudia y, por un momento, vio en él a otra persona.

Al principio de trabajar allí, cuando Habib y él eran camaradas, se citaron un día con dos chicas. La de Habib se llamaba Christie. Se agarraba a él como una niña y apoyaba la cabeza en su hombro mientras los demás leían el menú. Se reía de forma incontrolable por cualquier cosa que dijeran y abría la boca mientras masticaba, de modo que enseñaba lo que comía. Raj se escandalizó cuando supo que Habib la había conocido aquella misma tarde en la clínica de externos.

—No es como si fuera una paciente —argumentó Habib para defenderse—. Acompañaba a su padre, un maníaco que utiliza continuamente las tarjetas de crédito y que ahora intentaba comprarse un Volvo. —Raj no estaba muy convencido y Habib hizo una mueca—. De acuerdo, tiene un tornillo un poco flojo, pero no me importa. Eso la hace misteriosa.

—Tiene tanto misterio como un bazo herniado. No puedes hacer esto —le advirtió Raj.

—Sólo dejo que la naturaleza siga su curso. ¿Qué hay de malo en ello? —replicó Habib. Dos semanas más tarde dejó a la chica, después de haberse acostado con ella.

Claudia era esa chica treinta años más tarde. Era un alma desnuda envuelta en demasiada experiencia, de modo que, oculta bajo la gruesa capa de su pasado, esa alma ya no se veía. No la veía ni ella ni nadie. Raj estaba convencido de que, por encima de todo, un alma quiere ser vista. Ése es su único deseo en este mundo y el más difícil de conseguir.

«Quiero aliviar su dolor», pensó Raj. Y esperó la respuesta de Molly.

«Todavía no, tiene que aprender más cosas. Pero será pronto.»

—Tengo que ir a hablar con mi supervisor —dijo Raj al tiempo que se levantaba de la cama de Claudia.

—¿Te van a despedir? —preguntó ella.

—Lo peor que me podría pasar sería que, al terminar el año, no me renovaran el contrato sin más, así que no se preocupe. —Raj sonrió y se dirigió a la puerta.

—Lo siento —dijo Claudia cuando él ya se alejaba.

«Pronto», repitió la voz de Molly en el interior de Raj.

11

Cuando Raj entró en el despacho de Halverson para someterse a un interrogatorio severo, éste lo hizo sentar en el hundido sillón de piel reservado para sus pacientes privados. Expresó su decepción personal por el hecho de que un joven y prometedor residente hubiera perdido el rumbo.

—La realidad es un elefante que no podemos mover. Ninguno de nosotros —manifestó Halverson—. Simplemente está ahí y es lo que es. Los enfermos mentales no creen en este hecho. Llega un momento en que se enfadan mucho porque la realidad no cede aunque ellos quieran. No les proporciona amor cuando más lo necesitan. No se desvía de su camino para consolarlos o protegerlos de algún daño. La realidad no es mami.

Raj sintió un ligero sobresalto. Por un instante creyó que Halverson había dicho que la realidad no era Molly.

Halverson continuó.

—Cuando alguien está muy enojado con la realidad, finge que no existe. Corre hacia los bosques de su fantasía y se lame las heridas bajo los árboles. Su decepción es profunda y trágica, y estar completamente solo es aterrador, pero se acostumbran. No tienen otra salida.

Halverson se interrumpió y removió el tabaco de la cazoleta de su pipa con una varilla de acero. Con aquella barba entrecana se parecía de forma asombrosa a un viejo y triste simio.

Raj podía haber dimitido allí mismo y en aquel mismo instante, pero quería reírse. En concreto, quería reírse del elefante de Halverson, pues era un fraude enorme, una antigualla, una excusa para no mirar nunca detrás de la cortina.

—¿Qué me diría si le demostrara que está equivocado? —preguntó Raj cuando Halverson hubo terminado.

—¿Y cómo pretendes hacerlo? —replicó Halverson con impaciencia.

—Enfrentándome a ello. Consiguiendo que la realidad sea distinta para esos pacientes —dijo Raj.

Halverson sacudió la cabeza.

—No creo que hayas comprendido lo que te he dicho.

—En mi opinión, lo que quería decir es que amar a esas personas es algo inútil y que no vale la pena; que la locura es demasiado poderosa y que a la realidad no le preocupan una mierda. ¿Estoy en lo cierto? —preguntó Raj.

La tranquilidad benevolente de Halverson se había esfumado.

—Podría acusarte sin más de arrogancia —exclamó—. ¿Acaso crees que sabes más que todos los psiquiatras de este hospital?

Sin preguntar si podía irse, Raj se levantó y se marchó. No tenía argumentos en que apoyarse, nada que Halverson pudiera aceptar. Pero tampoco pensaba venirse abajo.

Había nevado sobre la ciudad; el tráfico circulaba con un suave chapoteo. Los pasos de peatones se convirtieron enseguida en fosos de agua y nieve marrón. Raj subió la escalera que conducía a su apartamento y encontró dos mensajes en el contestador.

Uno era de sus padres, que le recordaban la celebración de la Navidad. El otro era de Maya.

—Hoy ha venido Barry a hablar conmigo. Está muy sorprendido por lo del niño y dice que no es suyo. Le he dicho que deberíamos hablar de esto con Sasha, pero no le ha gustado la idea. Bajé para ver si ella estaba en su apartamento, pero no estaba, y cuando volví a subir Barry se había largado. ¿Qué hago ahora? Por favor, llámame.

Cuando Raj la telefoneó, Maya percibió algo en su voz.

—Pareces animado —dijo ella.

—He tomado algunas decisiones —repuso Raj.

—¿Sobre qué?

—Sobre varias cosas, pero una en concreto. Tú dijiste algo sobre resucitar a los muertos, pero me he dado cuenta de que Molly no está muerta, no para mí.

Maya hizo una pausa para asimilar las palabras de Raj.

—Me alegro —dijo.

—Quizá no lo comprendas, pero esta decisión hace que desee verte de nuevo, como hacíamos antes —afirmó Raj.

—¿Por qué? —Maya no parecía escandalizada; con paciencia, intentaba formarse una idea de las intenciones de Raj.

—Porque ya no debo elegir, ya no es una cuestión de o tú o Molly —respondió Raj.

—¿Nos quieres a las dos? —preguntó Maya.

—Siempre os he querido a las dos, sólo que no sabía cómo hacerlo y ahora lo sé —contestó Raj—. Si en algún momento creíste que había dejado de quererte fue culpa mía, pero nunca dejé de hacerlo. Me dijiste que podías vivir en un círculo más amplio o incluso salir de él. Pues bien, te estoy pidiendo que lo hagas.

—¿Me pides que incluya a una muerta en nuestra relación? No quería expresarlo de este modo, pero *ésa* es la verdad, ¿no? —inquirió Maya—. ¿Cómo podría funcionar?

—Funcionaría si ninguno de nosotros juzgara al otro. Funcionaría si no intentáramos poseernos el uno al otro —explicó Raj. Se dio cuenta de que Serena le había pedido que se rindiera y ahora él se lo estaba pidiendo a Maya.

—Todo esto es inaudito. Tenemos que hablarlo en persona —manifestó Maya.

—De acuerdo.

Quedaron en que Raj iría al apartamento de Maya cuando estuviera listo, pero ella no quería que se quedaran allí.

—Tenemos que seguir el rastro de Sasha —le recordó ella—. Primero vayamos a ver si está en la residencia. Después podemos hablar de lo nuestro.

—¿Digamos dentro de una hora? —preguntó Raj.

—Está bien. —Hubo una pausa—. Si alguna vez creíste que había dejado de quererte, también fue culpa mía —declaró Maya. Entonces colgó, y lo último que Raj percibió en su voz fue que se debatía entre la confusión, el alivio y la esperanza. Maya necesitaba más tiempo y quizá más espacio de lo que Raj había previsto.

Raj se dio una ducha caliente en su viejo baño. Se sentía fuerte. La seguridad que había encontrado para enfrentarse a Halverson se estaba convirtiendo en entusiasmo. Iba a tener a Molly porque *Ello* se la entregaría. Serena se lo había dicho, pero Raj no confiaba sólo en esto: lo sabía. Antes de que su mente hubiera razonado estas cosas, un brote de fe había crecido en su interior. Claudia le había enseñado algo de suprema importancia:

«El alma quiere ser vista.»

A la mayoría de la gente se la humilla a causa de esta necesidad. Se trata de algo muy inocente en un mundo donde la inocencia, como medio de supervivencia, no sirve para nada. Mostrar el alma desnuda en público se considera de un exhibicionismo indecente. Los demás te darán la espalda como siempre han hecho con los locos, los santos, los poetas, los visionarios y los genios. Pero ese grupo heterogéneo de locos e iluminados comparten un secreto. Una vez que se ha superado la conmoción de estar desnudo, aparece algo increíble: *Ello.*

Ello era la fuerza que había hecho aparecer a Molly en su vida. *Ello* era la semilla que ella quería que brotara. Cuando las personas despiertan, es la luz que surge en ellos. Y *Ello* desenmarañaría el conflicto que Raj había creado a su alrededor.

Ahora entendía por qué Serena le había dicho que tenía que ver a Molly como un alma y no como la mujer muerta que él había amado en vida. Cuando se ve a alguien como un alma, lo único que se ve es *Ello.* El cuerpo y la personalidad se desvanecen y sólo queda el misterio. Cuando se mira a alguien con los ojos del alma, no hay diferencia entre los muertos y los vivos. Todos están juntos y sin máscaras.

Raj se había quedado demasiado tiempo bajo el agua caliente y salió de la ducha sudando y un poco mareado. Se colocó una toalla alrededor de la cintura, abrió la ventana del baño y se quedó allí, dejando que el aire frío y los copos de nieve flotaran a su alrededor. A continuación se vistió y salió. Tomó un taxi en dirección al centro de la ciudad.

—Vaya por Broadway —le dijo al taxista.

—Perderemos diez minutos en Times Square. Deberíamos tomar la West Side Highway —aconsejó el conductor.

—No me importa perder tiempo —repuso Raj. Como muchas otras cosas que había evitado últimamente, ya no paseaba por Broadway. Le recordaba dolorosamente las noches de verano que había pasado con Molly. Pero un cazador va detrás de su propio dolor.

A pesar de la nieve, el río de gente era compacto y estaba

en continuo movimiento. Los pasos de peatones estaban abarrotados y los taxis tenían que avanzar con lentitud o detenerse en seco mientras docenas de cuerpos pasaban rodeándolos por todas partes. La pantalla de televisión de ocho pisos de altura que cubría la esquina del edificio NASDAQ, iluminaba la noche como una hoguera en tecnicolor, y el brillo de unos enormes letreros luminosos se elevaba hacia el cielo.

—Déjeme aquí —gritó Raj, golpeando con suavidad la pantalla protectora del conductor.

—No estamos en ninguna parte —protestó el taxista, que empezaba a molestarse. Raj le lanzó unos billetes y se mezcló con la multitud. Resultaba estimulante. La gente estaba tan apiñada que sus cuerpos despedían vapor y se movían en masa. Raj rodeó el bloque de edificios donde se había instalado el imperio Disney. Se acabaron las tiendas de pornografía y los clubs de *striptease*: el ratoncito había vencido a la sordidez.

Unos metros más adelante dos chicos negros que tenían un radiocasete bailaban *break-dance* en la acera. Daban vueltas y se contorsionaban sobre la espalda sin hacer caso de la sucia aguanieve que los rodeaba. Uno de ellos giraba sobre sí mismo apoyado en la cabeza y arrancaba vítores y aplausos de los espectadores. Raj se sintió increíblemente libre, pero tenía que continuar. Era un cazador.

Era consciente de que no se encontraba en un estado normal. Los rostros que había a su alrededor eran en su mayoría negros y latinos, con la mancha ocasional de algún blanco, pero en todos podía leer como en un libro abierto. No eran caras anónimas. Raj vio en ellas miedo y aburrimiento, rabia contenida e incluso algo de amor. Si hubiera podido hablar con cualquiera de ellos durante cinco minutos, con toda seguridad lo habría conocido a fondo.

Raj había infravalorado el frío y su fina chaqueta de piel

no le protegía del viento, pero no quería entrar en los cálidos restaurantes con olor a fritanga que daban a la calle. Dobló la esquina y tomó la Octava avenida con la intención de dar la vuelta a la manzana cuando oyó un grito a sus espaldas.

Se volvió con rapidez. En el cruce, un muchacho estaba tendido en la calle agarrándose una pierna. Un coche había frenado con un chirrido hasta detenerse.

—¡Le has dado! ¡Joder, le has pasado por encima!

Un transeúnte enfurecido golpeaba el parabrisas del coche en cuyo interior Raj vio el rostro sobresaltado de un hombre de mediana edad con el abrigo puesto; un residente de Rockaway, en las afueras, que había venido a la ciudad para contemplar las luces. Parecía asustado e indeciso, pero, aunque hubiera querido, no podía escapar. La multitud se apretujaba contra su coche. Una sinfonía de bocinas impacientes sonaba detrás de él.

—Déjenme pasar. Soy médico. —Raj se arrodilló junto al chico que estaba en el suelo—. Quita la mano, tengo que mirarte el pie. No te voy a hacer daño. —El muchacho gemía y se retorcía sin dejar de sujetarse la pierna—. Estáte quieto, tienes que dejar que te examine —dijo Raj.

Notó que había otras personas detrás de él. Una de ellas le dio un fuerte empellón que le hizo caer.

—¡Eh! —gritó Raj apoyándose con ambas manos en el frío y húmedo asfalto.

Cuando levantó la vista de nuevo, no tenía a nadie delante: el chico herido se había puesto en pie de un salto y había salido disparado. Raj lo vio sólo un instante antes de que desapareciera.

—¿Está bien, amigo? —alguien le preguntó—. El semáforo ha cambiado. —Raj se deshizo de la mano que lo sujetaba del codo para ayudarlo a levantarse. El conductor de las afueras también había desaparecido. Raj se levantó y se puso a correr a toda velocidad. Había perdido de vista al chico, pero no podía estar lejos.

Sortear los apretados cuerpos que caminaban por la resbaladiza acera resultaba arriesgado. A Raj le pareció ver al otro muchacho, el que había hecho de transeúnte enfurecido, aunque quizá no lo era. El siguiente semáforo estaba en rojo, pero hizo caso omiso y acertó. Un poco más allá vio a los dos muchachos. El instinto le dijo al más joven que Raj los perseguía. Miró una vez por encima del hombro y siguió corriendo.

Raj aumentó la velocidad. Los pulmones le ardían, pero lo atrapó. Agarró al chico por el cuello y lo hizo volverse hacia él.

—¡Tú o él! ¡Devolvédmela! —gritó. El cómplice del chico se había detenido a unos metros de distancia. Raj le señaló—. ¡O me la devuelves o entrego a tu amigo a la policía!, ¿me oyes?

El cómplice, que debía de tener unos quince años, dudó una fracción de segundo y después salió corriendo.

—¡Eh, tío! Es mi primo —gimoteó el chico y se puso a llorar.

—Sólo quiero que me devolváis la cartera —dijo Raj.

—Yo no la tengo —lloriqueó el muchacho.

—Entonces hablarás con un agente —amenazó Raj mientras tiraba de él. Estaba muy exaltado, pero aun así se dio cuenta de que el chico era muy delgado y frágil. Quizá no tenía ni doce años.

—¡No, señor, por favor!

El chico hurgó un momento en sus ropas y la cartera apareció. En cuanto Raj la tocó, el chico se retorció con fuerza para liberarse.

—No puedo meterme en problemas —gritó—. ¡Mi familia! Es la primera vez, ¡lo juro!

Parecía tan asustado e infeliz que Raj estuvo a punto de dejarlo ir, pero se dio cuenta de algo.

—Tienes futuro en esto —afirmó—. Nunca creí que un niño pudiera ser tan profesional. —El chico dejó de llorar como si hubieran accionado un interruptor. Esperó el siguiente movimiento de Raj con suspicacia.

—No hace falta que mire en la cartera, ¿verdad? —preguntó Raj—. Tu amigo ha sacado el dinero antes de pasártela. Muy astuto. —El chico intentó no sonreír: todavía tenía que escapar.

—Le hemos dejado las tarjetas. Somos demasiado jóvenes para usarlas —dijo el chico.

—Lo dudo.

Raj agarró al chico por el cuello con más fuerza y miró en el interior de la cartera. No había ninguna tarjeta.

—La noche iba bien hasta que nos hemos encontrado —masculló Raj—. Aunque supongo que eso a ti no te importa.

El chico, que había dejado de retorcerse, analizó la situación. Tenía mucho menos miedo al frío que a la policía, así que se quitó la chaqueta de béisbol y casi logró escapar, pero Raj fue más rápido y lo sujetó con firmeza por los escuálidos hombros. Le hizo darse la vuelta y vio que ahora estaba asustado de verdad. Tenía los ojos muy abiertos.

¿Y si se lo hiciera pagar? El impulso vengativo era difícil de resistir. Miró al chico directamente a los ojos y, detrás del miedo, vio una dureza que no sentía pena por él. Pero había algo más. Detrás de esa dureza había alguien a quien Raj conocía. Una persona resplandecía tras la neblina, como los relámpagos veraniegos a través de las nubes. Raj oyó una voz silenciosa.

«¿No me ves? ¿No me ves?», dijo la voz de Molly.

—Pareces enfermo —observó el chico, o quizás alguien

que pasaba por allí. Raj experimentó una sensación tan extraña que se sintió mareado.

«¿Creías que sólo estaba en ti?»

«Sí —pensó Raj—. Si no puedes regresar para siempre, al menos quiero que estés dentro de mí. Nos amamos. Eso es lo que te hizo entrar en mí.»

Molly no respondió. Raj había emprendido el camino para encontrarse con *Ello* y ahí estaba, dentro de un chico miserable y flacucho con malas intenciones.

—Si vas a vomitar, apártate de mí —le advirtió el chico. Pero su voz le sonó muy lejos. Raj lo dejó marchar. Entonces vio a Molly de forma imprecisa, como la luz de una vela en la sombra del cuerpo del chico. La vela brilló con más intensidad, como si fuera a atravesar el cuerpo del muchacho. Raj ahogó un sollozo. Quizá su aspecto era tan débil que el chico ya no le tenía miedo, pues en vez de echar a correr se volvió y se quedó quieto. Molly estaba junto a él.

Raj alargó la mano, pero el chico malinterpretó su gesto y salió corriendo. Molly se quedó, pero la vela se apagó.

«Espera.»

Raj quería llamarla, pero sabía que no tenía sentido. *Ello* no iba a huir con el chico: sólo se desdibujaba y se convertía en aire y recuerdo. Raj levantó el rostro hacia el frío y oscuro cielo lleno de reverente admiración. A su alrededor reinaba el silencio. Sintió los copos de nieve, puntos de pureza en el aire urbano que se posaban en su cara. Entonces un transeúnte le dio un empujón y se rompió el encanto.

Al ver a Raj, Maya se sintió aliviada e inquieta al mismo tiempo. Lo hizo entrar.

—Ya estaba preocupada —dijo.

Raj llegaba puntualmente, incluso a pesar del episodio de

Times Square, pero al doblar la esquina del edificio de Maya, algo lo había hecho detenerse. El mundo al que estaba habituado se tambaleaba, eso era indudable, mientras que otro distinto parecía llamarlo. ¿Lo aceptaría Maya? ¿Querría seguirle? Sabía que no podía hacerla esperar más tiempo, pero él todavía no se había respondido a sí mismo.

—¿Qué has estado haciendo? —le preguntó Maya. Se la veía tranquila y le había dado un beso al entrar, pero Raj sabía que no querría hablar de sus singulares descubrimientos.

—Medio frustrando los planes de un delincuente —respondió Raj—. De hecho, de un niño delincuente.

Maya le ayudó a quitarse la chaqueta de piel.

—Deja que le pase el secador. No querrás que se te estropee —dijo mientras se dirigía al lavabo—. No sabía que los planes se pudieran medio frustrar.

—Yo lo he hecho. —Raj se sentó en el borde del sofá para no empapar la tapicería—. He tenido que venir andando, no tenía dinero —explicó. Maya apareció con el secador en marcha y la chaqueta.

Los delincuentes suelen causar ese efecto en las personas. Me alegro mucho de que estés aquí. Barry no va a hacerse cargo de la situación y Sasha no hace más que empeorarla.

—¿Cómo?

Maya no respondió de forma directa.

—Tal como está Sasha, ¿tú crees que podría ponerse violenta? —preguntó.

—Depende. ¿Debo deducir que amenaza a Barry? —preguntó Raj—. ¿O es algo peor?

—Podría ser peor. No está del todo claro. Tú quizá lo llamarías acoso. No lo deja en paz y se le presenta a cualquier hora. Y no siempre vestida como una señora. A veces, incluso sin ropa.

—Sasha es paranoica —observó Raj—. No sabe desenvolverse en las situaciones difíciles. En determinados momentos puede sentirse terriblemente asustada y, en otros, su miedo puede convertirse en rabia.

—Comprendo. —Maya se mordió el labio y se dio la vuelta. Raj miró a su alrededor. Se notaba que Maya había ordenado la habitación a toda prisa, pero había puesto un pañuelo rojo de seda sobre una lámpara de sobremesa y se percibía olor a pachuli.

—Debes tener presente que Sasha siempre sentirá cierto recelo. No esperes que confíe en ti.

—Había empezado a hacerlo —dijo Maya.

—No realmente. Su enfermedad no se lo permite. —Cuando Raj llegó, se sentía flotar, pero ahora aquella sensación había desaparecido. Al tener que utilizar sus conocimientos había tenido que dejar de lado la otra parte de su vida, y volver a poner los pies en la tierra le provocó punzadas de desconsuelo. Era como ver una orilla lejana desaparecer en el horizonte.

Maya apagó el secador y le alargó la chaqueta. Ahora se sentía indecisa y triste. Salieron de su apartamento enseguida y se dirigieron a la residencia de la universidad. En la planta de Barry se habían fundido unas cuantas bombillas más y había nuevas capas de basura sobre la habitual. Un hombre robusto de uniforme llamaba a la puerta de Barry. Pertenecía al servicio de seguridad del campus.

—¿Está en la habitación? —preguntó Raj.

—Se está tomando un minuto para esconder algunas cosas —respondió el hombre con tolerancia.

Barry abrió la puerta. Parecía tan inquieto como la última vez que Raj lo había visto. Y llevaba el mismo pantalón de pijama.

—¿Qué hay? —masculló de forma automática.

—Hemos recibido su queja —informó el agente—. Sólo he venido a efectuar una comprobación. ¿Ha vuelto ella por aquí?

Barry esquivó su mirada.

—Todo controlado —dijo—. ¿Vienen con usted?

El agente echó un vistazo a Maya y Raj.

—No los conozco de nada. ¿Así que está bien? Voy a subir a ver a la chica, pero, si no hay nada más, lo dejamos en sus manos. —En otras palabras, que llamaría a los padres de Barry si volvía a molestar a las altas instancias. El agente de seguridad interpretó el silencio del muchacho como el fin de la conversación y se dispuso a marcharse.

—Espere —le pidió Raj—. Le agradecería que nos permitiera acompañarlo. Soy el médico de la chica.

El agente se encogió de hombros con indiferencia. Raj se volvió hacia Barry, quien se encontraba en su habitual actitud de cerrarle la puerta en las narices.

—Tenemos que hablar —le dijo.

—Cuando quiera.

La puerta se cerró y se oyó el chasquido de un cerrojo. Barry había conseguido proteger su cueva.

El agente del campus los condujo hasta la habitación de Sasha y llamó a la puerta.

No se oía ningún ruido en el interior. Esperó un poco más y llamó en voz alta:

—¿Señorita? —Nadie respondió, así que sacó un manojo de llaves y abrió la puerta.

La habitación estaba patas arriba; nada que ver con el orden obsesivo de la última vez que estuvieron allí. Los cajones de la cómoda parecían haber explotado y había restos de comida por todas partes. El agente no parecía asombrado.

—Tendrían que ver las habitaciones de los chicos —dijo—. No tengo motivos para quedarme aquí. Lo dejo al mando, doctor.

Raj iba a decir algo, pero Maya le hizo una seña y, cuando el agente estuvo lejos, le indicó que se dirigiera en silencio a la esquina de la habitación.

Raj le preguntó el motivo con un gesto. Maya meneó la cabeza, apartó la ropa arrugada que se apilaba sobre una silla y se sentó. En la habitación reinaba el silencio.

—No hay nadie más. Soy yo. Espero que te acuerdes de mí —dijo.

La habitación permaneció silenciosa. Tras una pausa añadió:

—Últimamente han sucedido muchas cosas horribles. Lo sé y puedo ayudarte. ¿Puedes decirme si me estás escuchando?

Sólo se oyó un ligero rumor en un extremo de la desordenada cama, o ni siquiera eso. Maya se puso a gatas poco a poco. La mancha marrón seguía en la alfombra, aunque alguien había quitado el montón de lodo. Maya observó las sombras de debajo de la cama.

—Voy a acercarme —dijo con suavidad—. No pasa nada.

Una sombra más oscura que las demás se estremeció. Maya se tendió en el suelo y se arrastró debajo de la cama. Raj se arrodilló para ver qué hacía. Sus ojos se acostumbraron a las sombras y vio a Sasha abrazada a una almohada sucia. Estaba vestida y, aunque el cabello le caía en mechones lacios y grasientos, no parecía estar muy mal.

—Voy a acercarme un poco más —avisó Maya.

La chica no respondió, pero levantó una mano para limpiarse la nariz y estornudó. Raj se sintió aliviado, pues no parecía que Sasha llevara allí debajo varios días.

—Supongo que nos has oído llegar —dijo Maya con dulzura.

—Nadie despierta a la princesa —contestó Sasha. Estornudó otra vez y se arrastró hacia fuera ella sola. Raj se puso de pie y la ayudó. A pesar de los tejanos holgados y la sudadera, se le empezaba a notar el embarazo.

—Se han ido todos. Sólo estamos nosotros —dijo Raj. Sasha murmuró algo y se dirigió al baño. Por la rendija de la puerta Raj vio que se estaba lavando la cara, lo cual era una buena señal.

Maya salió también de debajo de la cama.

—¿Tienes hambre, Sasha? ¿Quieres que te traiga algo? —preguntó.

Sasha salió del lavabo con un frasco de pastillas.

—Buena chica —dijo.

—Sí, ya veo que las has estado tomando —dijo Raj.

Sasha asintió con la cabeza y se fue al lavabo otra vez. Se oyó la descarga de la cisterna y Sasha salió peinándose el cabello con los dedos. Llevaba un vaso del que sobresalían dos cepillos de dientes. Raj tuvo la impresión de que estaba en contacto con la realidad en un cincuenta por ciento.

—¿Le has contado a alguien lo del niño? —le preguntó—. Pronto tendrás que visitar a un médico una vez por semana.

—No tengo que hacerlo —replicó Sasha en un tono monocorde pero con rotundidad.

—Me temo que no tendrás más remedio —objetó Raj—. Vais a ser dos y tu bebé necesita ayuda.

Sasha asimiló las palabras con lentitud.

—Tú puedes ayudarnos —manifestó.

—Sin duda, a veces, pero también necesitas un pediatra.

—Sólo tú —insistió ella alzando la voz. Sus facciones se contrajeron y dejó el vaso sobre la mesa de un golpe. A continuación se pasó la mano por la boca y dejó un rastro de saliva en su mejilla.

—Está bien —dijo Raj—. Pero si Maya te recoge mañana, ¿vendrás al hospital?

—Sólo tú —repitió Sasha—. O te mataré.

Raj reprimió un respingo, pero se le secó la boca.

—¿Has sentido deseos de hacer daño a alguien últimamente? —le preguntó con calma.

—Los ratones a la nieve van a jugar porque el agua está helada y no pueden remar —recitó Sasha con voz cantarina. Raj lo consideró un sí.

—¿Te has enfadado con Barry? —le preguntó.

—Que se pudra en el barco —dijo Sasha. Al menos tenía suficiente claridad mental para hacer juegos de palabras, aunque esto no tranquilizó mucho a Raj. Le tomó la mano para calmarla. Maya sacó un pañuelo, lo humedeció y limpió la saliva de la mejilla de Sasha.

Raj se acordó de que Maya, el día que se vieron en el hospital unos meses antes, también le había limpiado una mancha de pintalabios. Era curioso. Aquella chica tenía la facultad de convertirse en una niña a los ojos de los demás, una manera fácil de atraer su atención, pero una manera difícil de vivir.

Con la misma facilidad con que se había alterado, Sasha se calmó de nuevo. Contempló la nieve que caía fuera mientras canturreaba para sí misma y apretaba con ternura la mano de Raj.

—Hemos oído las campanadas de medianoche —murmuró Sasha con voz suave.

«Yo también», pensó Raj. Cuando Sasha empezó a sentirse somnolienta, Raj la acompañó a la cama y se marchó con Maya. Bajaron la escalera en silencio.

—No está bien —dijo Maya.

—Tenemos que hacer algo —repuso Raj—. Algo extraordinario y rápido.

Regresaron al apartamento de Maya en taxi. Raj notó que ella quería que subiera y lo cierto es que su dulzura hacia Sasha lo había conmovido. Se preguntó cómo había permiti-

do que existiera un conflicto entre Maya y Molly. Todavía tenía que pensar en muchas cosas, incluso en aquel momento.
Aseguró a Maya que volvería pronto.

—No me olvidaré de esta noche —dijo ella—. Siento
como si estuviéramos juntos de nuevo.

Raj la observó mientras subía la escalera. Por el momento,
tenía más cosas que contar a la noche que a Maya.

12

Raj sabía que vivía en el filo de lo imposible. La calma y el silencio lo envolvían todo. Los milagros parecían al alcance de la mano. A veces, mientras sostenía el brazo escuálido de una anciana moribunda para tomarle el pulso, sentía de repente la necesidad de hacer desaparecer, con sus dedos, las arrugas de su rostro.

Habib se cruzó con él en el pasillo.

—¿Qué tiempo hace por ahí arriba? —le preguntó.

—¿Cómo dices? —Raj apenas estaba seguro de saber con quién hablaba.

—Nada. Simplemente, que hagas lo posible para no ser abducido.

Unos días antes de Navidad, Raj miró en su buzón de la sala de residentes. En su interior había un sobre largo y delgado, y no le sorprendió el mensaje que contenía.

—No lo llame un despido —dijo Halverson cuando Raj se presentó ante él—. Ni siquiera es una suspensión.

—¿Es por el caso en el que cree que metí la pata o porque salí de su despacho sin pedirle permiso? —preguntó Raj.

Halverson se sentía incómodo.

—Tuvimos que sopesar los intereses de la clínica y su situación personal. Si ahora se toma un mes de baja administrativa, puede volver el próximo verano. No espero que se sienta agradecido justo en este momento…

—No me diga —interrumpió Raj.

—Pero quizá lo esté cuando recupere su sano juicio.

Todo aquello significaba que Raj debía dejar el hospital después de Año Nuevo y, según sospechaba, tendría que pasar una nueva evaluación y asumir el compromiso de trabajar conforme a las normas para poder reincorporarse. Pero él sabía que no superaría la prueba. Saliendo del despacho de Halverson fue directamente a un teléfono y llamó a Maya. Quería que pasara con él las vacaciones de Navidad, aunque sabía que tenía que decidir si podía vivir con él en su nuevo mundo.

—¿Tus padres celebran la Navidad? —preguntó Maya con indecisión.

—Cuando era pequeño me hacían regalos para que no me sintiera excluido y han continuado haciéndolo. No sé exactamente por qué —dijo Raj.

—¿De verdad quieres que vaya o…?

—O ¿qué?

—O soy la sustituta de alguien que no puede estar.

Raj no quería eludir la cuestión por más tiempo.

—Molly también estará allí. Ésa es la verdad.

—¿Porque tú lo quieres? —preguntó Maya.

—No quiero interponerla entre nosotros —dijo Raj—, aunque lo parezca. Sólo te pido que pases más tiempo conmigo y compruebes si soy lo que quieres a pesar de esto.

Maya aceptó a desgana, aunque, según dijo, estaba demasiado ocupada y no podía seguir hablando. Raj colgó. Sabía que le estaba pidiendo a Maya que saliera del círculo. Salir con él era una cosa; conspirar para mantener su secreto, otra. Ahora Raj era un espectro, alguien que buscaba una revelación en las Coca-Colas que bebía o en el equipo de sutura. Quizá se quedara como estaba o quizás algo sorprendente estuviera a punto de ocurrir. De un modo u otro, si tenía confianza el rompecabezas se resolvería.

Aquella misma tarde, con la carta de despido arrugada en el bolsillo de su bata blanca, Raj formó parte de una ronda general. Siguió a un grupo de internos y residentes por todas las habitaciones sin comentar nada sobre ninguno de los pacientes. El médico que dirigía las rondas era un neurólogo chino llamado Ho. Los condujo hasta la última habitación.

En una esquina habían colocado una camilla sobre la que yacía una mujer mayor. Estaba pálida y rígida. No volvió la cabeza cuando entraron y parecía fuertemente sedada. Mathers se encontraba junto a ella.

—¿Cómo está la paciente? —preguntó Ho, a quien ni se le pasó por la cabeza dirigirse a ella—. ¿Está preparado para presentarnos el caso?

Mathers asintió.

—La señora Berg está bien. No hemos apreciado ningún problema durante su examen —dijo.

Ho revisó el expediente.

—Dado que se le ha administrado una sedación ligera, ¿a qué se debe su inmovilidad y falta de respuesta? —preguntó al grupo.

—Yo diría que está catatónica —respondió alguien.

—Este diagnóstico está parcialmente justificado —dijo Ho—. Pero observe. —Levantó el brazo de la mujer y lo dejó caer—. Habrá notado que la rigidez de los miembros no es suficiente para determinar una catatonia. —Ho sacó un alfiler largo del bolsillo y la pinchó ligeramente en la pierna—. Se observa, también, una contracción leve. Continúe, doctor.

Mathers leyó sus notas.

—La señora Berg padece una depresión crónica desde la

adolescencia. No respondía a la medicación, así que se decidió probar con la terapia de electroshock. Ha recibido veinte series en todos estos años sin que se hayan apreciado grandes mejoras.

Raj escuchaba a medias. Se deslizó por detrás del grupo para situarse cerca de la mujer, que podía haber sido un cadáver de no ser por el leve movimiento de su pecho.

—¿Cuándo empezó a empeorar? —preguntó Ho.

—No estamos seguros —dijo Mathers—. Sus hijos, que ya son mayores, la encontraron sentada en una butaca el lunes.

—¿Estaba consciente? —preguntó Ho.

—Miraba el televisor y tenía una bandeja de tacos congelados sobre la falda. Por lo visto, no se había dado cuenta de que el tubo de las imágenes se había fundido —dijo Mathers.

«Van a hacer que empeore. —Raj oyó, por fin, la voz de Molly—. Quiere morirse.»

Mathers apoyó la mano en la frente de la señora Berg.

—Hoy vamos a aplicarle otro electroshock. Se ha consultado a varios médicos respecto a este caso, y nadie está seguro al ciento por ciento, pero la familia quiere que se haga algo.

—Parece pura rutina —señaló alguien desde el otro extremo del grupo. Mathers esperó a que Ho añadiera algún comentario, aunque era poco probable que tuviera mucho que decir a favor o en contra. La señora Berg tenía setenta y tres años y nadie se la imaginaba tumbada en un diván para hablar de una vida que estaba llegando a término con rapidez.

«Necesito estar un momento a solas con ella», dijo Molly.

«Eso es imposible», pensó Raj. Se la llevarían en cuanto la ronda hubiera terminado, pero Raj percibió urgencia en las palabras de Molly.

Cuando el grupo empezó a salir, Raj dijo:

—¿Por qué no dejarla tranquila? No ha respondido a los electroshocks durante décadas. Parece inútil.

—No estoy de acuerdo —intervino Mathers—. Está ampliamente comprobado que en este tipo de psicosis involutiva en la que el paciente es mayor y las crisis se producen de forma repentina, el electroshock es eficaz. Y, aunque no lo fuera, sigue siendo nuestra mejor alternativa.

«No.» La voz de Molly sonaba, ahora, con insistencia. Raj la escuchó sin saber qué debía hacer. Con los otros pacientes podía hablar, pero no con la señora Berg, al menos desde el episodio del televisor.

—Por lo que veo, su método es, en pocas palabras, un fracaso total —arguyó Raj en un intento por ganar tiempo.

—Yo no iría tan lejos —dijo Mathers volviéndose hacia Raj.

—¿Entonces, del tratamiento qué consideraría usted que ha funcionado? —preguntó Raj—, ¿la depresión que no ha desaparecido, la zona achicharrada de su córtex que con toda probabilidad no recuerda los nombres de sus hijos o sólo las pesadillas que le provoca la vergüenza de haber tenido que someterse a electroshocks…? ¿Cuánto ha dicho? ¿Veinte series? ¡Eso son unas ciento treinta sesiones!

Mathers lo miró fijamente.

—No sabe nada de esto con certeza. ¿En qué se basa para realizar tales afirmaciones?

Raj no tuvo oportunidad de responder. Empujó a un lado a dos internos y se inclinó sobre la mujer rígida e insensible. «¿Qué estás haciendo?», pensó, pues no era él, sino Molly, quien ponía las manos de Raj sobre las sienes de la señora Berg.

«Espera. Hago lo que tengo que hacer.»

Los componentes del grupo se agitaron con incomodidad.

—Haga el favor de apartarse de la paciente —dijo Ho con firmeza. Como Raj no se movió, Ho hizo una seña a Mathers y éste agarró a Raj del brazo.

—¡Lárguese! —soltó Raj mientras se libraba de la mano de Mathers. A continuación, colocó de nuevo las suyas en las sienes de la señora Berg. No tenía la sensación de que estuviera ocurriendo nada.

—No sé qué se propone, pero no puede apropiarse sin más de los pacientes —exclamó Mathers enfadado. Sujetó a Raj por los hombros y le hizo darse la vuelta.

—¿Qué ocurre aquí? —inquirió una voz grave. Halverson, que estaba junto a la puerta, entró en la habitación. Los internos se apartaron para que pudiera acercarse a la camilla. Raj lo miró con expresión aturdida.

»¿Quiere hacer el favor de responder a mi pregunta? —exigió Halverson.

—A esta mujer la han sometido a unas ciento treinta sesiones de electroshock que no le han producido ningún beneficio. Intentaba evitar que le aplicaran otra —se explicó Raj. Habló con calma, sin mostrarse desafiante, pero lo que dijo apenas tuvo importancia. La señora Berg abrió los ojos y se incorporó.

Halverson retrocedió dos pasos y le quitó el expediente de las manos a Ho, quien observaba la escena boquiabierto.

—Por favor, quiero irme a casa —dijo la señora Berg con voz temblorosa—. La chica me ha dicho que podía irme.

—¿Qué chica? —preguntó uno de los internos.

—Tiene alucinaciones —respondió otro.

—Cancelen el procedimiento y lleven a la paciente a mi despacho dentro de media hora —ordenó Halverson con brusquedad. Raj ya estaba saliendo de la habitación.

»Venga conmigo —le dijo Halverson. Cuando estuvieron en el pasillo, Halverson lo miró de forma inexpresiva—. No había visto nada parecido en toda mi vida profesional. Esa mujer está consciente otra vez. ¿Qué relación tenía con ella antes de la ronda de hoy?

—No la había visto nunca —dijo Raj.

—¿Me está diciendo toda la verdad? ¿La ha sacado de su estado casi catatónico con sólo tocarla? ¿Practica la sanación por la fe?

—Si creyera eso, se equivocaría —repuso Raj, alejándose. Por el rabillo del ojo vio la habitación de Claudia. La puerta estaba abierta y una de las enfermeras en prácticas hacía la cama, en la que no había nadie.

—Vuelva aquí. Esto es extraordinario. Tenemos que hablar —exclamó Halverson.

—No tenemos nada de qué hablar —replicó Raj. En aquel momento tuvo el convencimiento de que ya no pertenecía al grupo de los Mathers y los Halverson. Entró en el ascensor con una ligera vacilación, pues no sabía si Claudia había mejorado o sólo la habían enviado a casa para el fin de semana.

Un viento gélido, de *esos* que penetran en el cuerpo como los rayos X, barría la ciudad. Raj miró a la calle envuelto en su albornoz y vio cómo los transeúntes se encogían para que sus esqueletos dejaran de tiritar. Maya había pedido prestado un coche e iba a pasar a recogerlo. Aquella noche la familia de Raj celebraba la Navidad.

El teléfono sonó. Raj salió del dormitorio y tomó el auricular.

—¿Diga?

En el otro extremo sonó una de esas voces robóticas.

—Compañía AT&T. Tiene una llamada a cobro revertido de... Por favor, diga su nombre.

—La princesa prometida. —La voz era tan tenue que apenas se oía.

—¿Acepta la llamada?

—Sasha, ¿eres tú? —preguntó Raj.

—¿Acepta la llamada?

—¡Sí! —rugió Raj—. ¡Por Dios!

Mientras esperaba a que el robot le diera las gracias con voz alegre, Raj se sintió desolado. Tres palabras podían expresar una gran desesperación. Si Sasha estuviera bien y tuviera una razón para llamar, habría dado su nombre.

—¿Hola? —dijo Raj intentando que su voz sonara calmada. Pero la comunicación se había cortado.

Maya llegó un cuarto de hora tarde en un sedán gris. Raj, que la esperaba en el portal, entró en el coche deprisa para esquivar el viento ululante. Ella no se inclinó hacia él, de modo que Raj tomó la iniciativa y la besó.

—Estás muy guapa —le dijo.

—Me siento rara —repuso ella.

—Todo va a ir bien.

—No me refiero a eso. —Puso marcha atrás y condujo hasta un estrecho callejón que había en la esquina del edificio—. Creí haber visto a alguien ahí.

Raj no necesitaba más indicios.

—Es Nochebuena. Debe de ser Sasha. Estoy casi seguro.

La voz de Maya se quebró.

—Dios santo, no podría darme más pena, pero…

—No te sientas mal. Esta noche no la podemos encontrar —dijo Raj.

—No se trata de eso —repuso Maya. Sacudió la cabeza con decisión y se apoyó sobre el volante—. ¿Esta maldita situación es el único modo que tenemos de estar juntos? Sasha no es nuestra hijita enferma.

Raj se inclinó y la besó otra vez.

—No tienes que preocuparte de eso en este momento —dijo en voz baja.

—Dijiste que teníamos que hacer algo, pero se nos escapa de las manos. Y tú también —manifestó Maya a punto de ponerse a llorar.

—No, eso no ocurrirá —dijo Raj—. Estamos juntos, y tienes razón, no es nuestra hijita enferma. Llamaré a un centro de socorro desde casa de mis padres. —Maya volvió la cabeza hacia él y pareció aceptar su propuesta.

Raj puso su mano sobre la de ella.

—Si quieres, podemos quedarnos aquí, los dos solos —le propuso.

—¿De verdad? —preguntó Maya. Estiró la espalda y sacudió la cabeza. Todavía estaba trastornada, pero se miró en el espejo y esbozó una débil sonrisa—. No podemos hacerle esto a tus padres —observó.

Papá ji abrió la puerta tan deprisa que era posible que hubiera estado haciendo guardia. Se abalanzó sobre Raj.

—¡Mi chico, mi chico! —Casi tartamudeaba de alivio—. No habría soportado que te perdieras el ponche. ¡Amma, ya están aquí! —gritó hacia la cocina.

Raj no tenía ni idea de que su preocupación fuera tan grande.

Dos habitaciones más allá oyó el último zumbido de la picadora: su madre molía la salsa picante de coco, menta y chile verde.

—Saluda a Maya —dijo Raj cuando pudo librarse del abrazo de su padre—. Quédate con él. A veces pierde la chaveta.

—¡Tonterías! ¡Vaya cosas dices! Sólo estoy animado, como todos deberíamos estar. —Entonces, se dejó llevar por la alegría—. Eres una mujer preciosa. Estamos encantados de tenerte aquí otra vez. Aunque haya tenido que traerte este tunante.

Maya sonrió e hizo un gesto de asentimiento mientras Raj se dirigía a la cocina para ver a su madre. Estaba junto al horno, esperando en silencio a que él se acercara a saludarla, como era su costumbre.

—Así que eres tú. Supongo. No sé si te reconozco.

Le ofreció la mejilla para que la besara y Raj la observó con atención. Se había maquillado y arreglado expresamente para él. Llevaba demasiado maquillaje y parecía una muñeca pintada con colorete y *henna*, pero Raj se emocionó.

—¿Ya has añadido los pistachos? —preguntó. Se refería al ingrediente especial, el toque mágico que le daba al arroz *biryani*, su plato de los días festivos.

—Desde luego que no. ¿Acaso no te espero siempre?

Raj la besó otra vez. Era fácil caer en su papel habitual de príncipe que regresa a casa. Eso hacía felices a sus padres y aquel año aligeraría su sentimiento de culpabilidad por haberlos tenido olvidados.

—¡Maya, ven aquí! —gritó Raj—. ¡Ya verás qué maravilla!

Transcurridos cinco minutos, todo era encantadoramente irreal. Quisieron que Maya removiera la salsa *makhani* e incluso que la vertiera sobre el faisán asado. Más tarde, Raj le habló sobre el entusiasmo que papá ji sentía por las costumbres inglesas. El padre de su padre, el abuelo de Raj, había trabajado como camarero en un club de caballeros de Bombay, e incluso después de la independencia su familia siguió aferrada a las normas de urbanidad inglesas. A continuación tomaron el ponche.

—¡Pruébalo!, ¡pruébalo! —apremió papá ji a Maya poniéndole un vaso en las manos—. ¡A que no adivinas de qué está hecho!

—Vodka, yogur y agua de rosas —intervino Raj, que acababa de entrar en el salón. La ponchera reposaba sobre un aparador cubierto con una tela de seda blanca estampada con la imagen en oro de la diosa Devi—. Un año, observé por encima de su hombro mientras lo preparaba.

—Pero no conoces el verdadero secreto. Estoy seguro —exclamó papá ji—. ¡Bébetelo, Maya! ¡Nunca he visto a una mujer tan joven y hermosa bajo mi techo! —Como nunca bebía, el padre de Raj ya estaba medio ebrio. Maya rompió a reír y bebió todo el contenido del vaso.

—No le hagas caso —le susurró Raj al oído—. Quien habla es el agua de rosas.

Raj dejó que la velada transcurriera y sólo la interrumpió para ir a telefonear desde el dormitorio. En el registro de urgencias del hospital no constaba nadie con la descripción de Sasha. Raj tuvo una corazonada y telefoneó al dispensario de la universidad.

—¿Eso es todo lo que puede decirme? —preguntó—. ¿Comprende que puede estar en verdadero peligro? De acuerdo, no es asunto suyo. Buenas noches.

Raj colgó el auricular y oyó que Maya entraba en la habitación.

—Se me han quitado de encima —dijo Raj—. Han alegado que esos datos son confidenciales y que nadie puede leer el historial de Sasha sin el permiso de sus padres.

«La encontrarás.»

Raj se dio la vuelta de un salto. Era Molly quien estaba junto a la cama.

«Lo hemos hecho muy bien esta tarde en el hospital —dijo ella mientras se sentaba a su lado—. Así que, supongo que eso es todo.»

El corazón de Raj se aceleró.

«¿Cómo que eso es todo?», murmuró, temeroso de la respuesta.

«Tu historia de fantasmas se acaba.»

Molly llevaba el vestido negro que Raj había elegido para su entierro, y eso lo asustó más que sus palabras.

«Sólo es un vestido», dijo Molly sonriendo.

«No puedes dejarme. No sé adónde ir. Ya no sé a qué puedo dedicarme», suplicó Raj.

«Puedes dedicarte a amar a Maya —respondió Molly—. Esta noche has hecho tu elección.»

«¿Cómo puede ser eso la respuesta a todo? —protestó Raj—. Estoy como estaba al principio —pensó con desesperación.»

«Ven, échate», le indicó Molly. Permanecieron tumbados sobre la colcha de muselina mientras Raj la abrazaba. Sólo supo que había llorado cuando sus lágrimas se evaporaron y dejaron en sus mejillas una sensación de frío. Las primeras palabras que Molly había pronunciado cuando regresó fueron: «Prométeme que no vas a llorar.» Tendría que vivir con esa decepción.

«Serás un sanador —dijo Molly con suavidad—. Esta tarde, en el hospital, has visto lo que se puede hacer. Quizá no regreses allí, pero hay otros lugares. Los encontrarás.»

Raj no podía escucharla. Le parecía que el mismo centro de su corazón se iba a hacer pedazos. Entonces Molly tiró de él y los dos se quedaron sentados en la cama.

«Mira», le dijo señalando la tela de muselina arrugada.

Molly deslizó su pálida mano por las colinas y los valles que se habían formado en la tela, un fino tejido de algodón casi transparente de la India.

«Tú crees que entré en tu vida y que después me marché, pero no es así —explicó Molly—. Estas colinas y estos valles son como vidas individuales. Aparentemente están separados los unos de los otros, pero, si miras bien, verás que pertenecen a una unidad. Esa unidad es el amor. Nacemos para expresar sólo amor. Venimos aquí para saber quiénes somos. Anhelamos la plena felicidad de nuestro ser. Sólo esas cosas son reales.

»Te dije que hice un pacto para poder regresar —dijo

Molly en voz baja—. Pero no regresé como persona. La imagen que ves es sólo un reflejo pálido de la realidad. La muerte nos libera de esa ilusión.»

«Entonces, ¿qué eres?», preguntó Raj.

«Continúa observando.» Raj apartó la mirada del rostro de Molly y contempló la colcha arrugada, con sus hendiduras y sus frunces. Molly arrugó la tela y la soltó de nuevo.

«Como ves, aparecen nuevos pliegues, pero no podemos decir que hayan surgido de la nada o que las antiguas arrugas hayan muerto. Todo son movimientos de una única realidad: el amor eterno, un océano de ser que lo contiene todo. Nuestras esperanzas nos elevan y nuestra desesperación nos hunde, pero nunca estamos separados del amor. Todos los sucesos, todas las cosas y todas las relaciones son movimientos del amor, que crea nuevas formas sin fin.»

«¿Y qué ocurre con el dolor y el sufrimiento?», preguntó Raj.

«Algunos pliegues se tensan, pero se acabarán suavizando otra vez. El amor lo sabe. Comprende todos los impulsos que podamos sentir y, aunque el sufrimiento existe, el amor prevalece.»

«¿Crees que un moribundo que esté solo y sufriendo aceptaría esta explicación?», preguntó Raj.

«Con el tiempo, sí. Se requiere una vida de incontables experiencias para comprenderlo, pero, cuando mueres, reconoces la verdad de inmediato. Entonces ya no tienes dudas. Sólo existen el amor, la sabiduría, la felicidad. Todo lo demás surge de ellos.»

Raj bajó la vista y la tela de muselina empezó a brillar como si estuviera tejida con luz. Las arrugas se transformaron en ondas de luz que duraban sólo unos segundos. Entonces se dio cuenta de que su vida también era efímera y temporal. Cualquier intento de aferrarse a ella era vano e inútil. Sin embargo, la muerte no tenía por qué causar miedo, porque al segundo siguiente era un nuevo nacimiento. La renovación era eterna y presente al mismo tiempo.

Sólo quedaba una pregunta por hacer.

«¿Quién eres en realidad?»

«Soy amor. Creo que en esto nunca te equivocaste», dijo Molly sonriendo.

Raj no sabía si Molly había estado hablando con él diez minutos o una fracción de segundo. En aquel momento se dio cuenta de que sus vidas, la de Molly, la de Maya y la suya, habían estado entrelazadas durante varias encarnaciones. Juntos habían soportado privaciones y habían huido de la guerra, habían pasado hambre en llanuras estériles, habían adorado a innumerables deidades. En el curso de sus existencias nunca se habían separado, aunque en ocasiones se hubieran perdido de vista. Todo nuevo comienzo estaba colmado de alegría; de todo final nacían nuevas esperanzas.

Raj oyó el golpeteo de las ventanas, sacudidas por un viento que intentaba abrirse paso. Cuando la habitación adquirió para él un aspecto más sólido, Molly cambió. Apenas conservaba la forma de una mujer y Raj no sentía su contacto. Entonces se volvió luz trémula y desapareció.

Raj sintió un ligero roce en el hombro.

—¿Raj?

Maya se hallaba en la habitación con un vaso de ponche en la mano. Raj miró la suya. Todavía sostenía el auricular.

—No me han querido decir nada —se oyó decir a sí mismo, aunque todavía se sentía muy lejano—. Pero creo que Sasha ha estado allí hoy. Lo comprobaré personalmente en cuanto pueda.

Cuando terminó de hablar, volvió a percibir el contorno de la habitación con precisión y pudo levantar la vista hacia Maya sin sentir que se había evaporado.

—¿Ahora? —preguntó Maya.

Raj sacudió la cabeza mientras colgaba el auricular.

—Esta noche sólo hay una enfermera de guardia. Esperaré hasta mañana por la mañana. Vamos.

Acompañó a Maya de vuelta al salón. Sus padres estaban sentados junto a una mesa redonda que habían colocado en el centro de la habitación e intentaban no intercambiar miradas. Raj rompió el hielo con un cumplido y un brindis. El resto de la velada transcurrió felizmente, siempre que no pensaran en el viento que pugnaba por entrar en la casa con insistencia y en las personas que podían estar a su merced.

Cuando regresaban a su casa en el coche, Maya y Raj experimentaron la dulce tensión del ahora o nunca. Si eso ponía nerviosa a Maya, no lo demostró. Después de la cena, cuando amma había sacado el *chai* humeante y muy condimentado, Maya había tomado la mano de Raj por debajo de la mesa.

—Son muchas cosas las que tengo que aceptar. Será todo muy diferente —observó Maya en el coche.

—Y puede que mejor —contestó Raj.

—No sé si conseguiré que sea mejor —objetó Maya, que quería creerle.

—De hecho, tampoco tiene por qué ser mejor —dijo Raj—. Considera que soy un rostro que has visto miles de veces en miles de sitios. Tú eres eso para mí, y también Molly. Si alguien encuentra un alma gemela, su amor tiene que existir más allá de los rostros, las máscaras y los cuerpos. No me tendrás hasta que veas a través de Raj y yo no te tendré hasta que vea a través de Maya. ¿Crees que puedes conseguir ver a través de mí?

—Me estás pidiendo que sea extraordinaria —manifestó Maya.

—¡Eres extraordinaria! Esto no es nuevo —exclamó Raj.

Hicieron el amor con una tela de seda roja sobre la lámpara. Se desnudaron deprisa, sin hablar, y dejaron la ropa donde cayó. No actuaron con timidez, pero tampoco con precipitación. Entre ellos hubo tanta fluidez como la había habido entre Raj y Molly. Comparada con ella, Maya era menos reservada. Cuando Raj se echó a su lado, lo abrazó sin reservas.

El techo retumbaba por los bajos de la música *dance* que sonaba a todo volumen en el piso de arriba.

—Es como hacer el amor debajo de un elefante —susurró Raj.

Maya se rió y lo abrazó otra vez. Como amante era muy delicada. Le gustaba sonreír y nunca se dejaba arrastrar por la pasión, sino que flotaba por encima de ella. Era una amante con matices. Nada de esto escapaba a Raj. Se sentía despierto y viviendo el momento como nunca lo había hecho antes. Cuando acabaron, el retumbo sordo del techo había cesado y Raj supo que estaba solo con Maya en la cama.

La observó mientras se dormía y se habría abrazado a ella, pero a medianoche se vistió sin hacer ruido y salió. Su instinto le decía que, si quería aprovechar la ocasión, tenía que ser en aquel momento.

Aquella noche había poco personal en la planta de psiquiatría. Cuando Raj salió del ascensor no reconoció a la enfermera que estaba de guardia en la recepción, quien lo miró con indiferencia y volvió la vista a su lectura. La puerta de la habitación de Claudia estaba cerrada. Raj entró sin llamar.

—Tenga —dijo ofreciéndole una bolsa de papel.

Claudia no estaba dormida, ni siquiera tumbada en la cama, sino que, de pie, miraba por la ventana. Se dio la vuelta.

—¿Es para mí?

Raj sacó de la bolsa una botella de plástico medio llena.

—No le gustará mucho a menos que esté acostumbrada a la mezcla de vodka y yogur. —Dejó el regalo sobre la mesilla de noche. Claudia no se movió, pero le dedicó una sonrisa torcida.

—Sé que esto no es una tregua, así que, ¿de qué se trata? —preguntó.

—Volvía a casa después de una fiesta. Allí, todo el mundo estaba muy contento y me acordé de una vieja bruja que probablemente no lo estaba.

—Ah, ¿sí? Me parece que cuando naciste no te dieron el bofetón con suficiente fuerza —replicó Claudia en un tono indulgente.

—No voy a tener más sesiones con usted —dijo Raj—. En parte, gracias a usted, así que me he tomado la libertad de explicar su caso en una larga nota que ahora forma parte de su expediente.

Claudia tomó la botella y la levantó hacia él antes de beber un trago.

—¿No está interesada en lo que he escrito? —preguntó Raj.

—No especialmente.

—Podría haber explicado que tiene una personalidad *borderline* que se siente abrumada por los sentimientos del pasado y que no puede controlarlos sin una máscara de agresividad. Eso sería bastante acertado.

—«Bruja» es mucho más corto. ¿Hay colonia en esta porquería? —preguntó Claudia.

—Esencia de rosas. También podría haber anotado que sentirse víctima la ha amargado tanto que ya no tiene conciencia. Pisotea la intimidad de los demás con tanta insensibilidad como lo hicieron con usted en el pasado. ¿Por qué, si no, se siente desbordada por sentimientos que no recuerda y que, sin embargo, no puede olvidar?

Claudia se puso tensa. Hizo caso omiso del mal sabor del ponche y tomó un trago largo.

—Pero no he escrito nada de esto —prosiguió Raj—.

Sólo he anotado una frase: «No conozco a nadie que merezca tanto ser curado.» —Antes de que Claudia pudiera reaccionar, Raj se acercó a la puerta y apagó la luz. La habitación quedó casi completamente a oscuras.

—¡Eh! —La voz de Claudia reflejó cierta alarma pero no gritó.

Raj se acercó a ella a oscuras. Sabía que, si estaba en lo cierto, no ofrecería resistencia. Le quitó la botella de la mano y la dejó a un lado.

—Ahora siéntese y estése quieta —le dijo.

Tras una leve vacilación, ella obedeció. Raj observó su perfil, que apenas podía distinguir. De todos los secretos que había mantenido últimamente, uno en particular lo había reservado para aquel momento. Pasó las manos alrededor de Claudia despacio y con suavidad. Y en el ligero roce del aire percibió su dolor y el muro que había levantado para no ser herida ni humillada nunca más. Una maraña de sentimientos la había estado ahogando, año tras año, hasta que al final ella se había difuminado en el decorado de la vida. Nada de esto constituía un misterio para Raj. Ser sensible al dolor de un ser herido no resultaba difícil.

El verdadero secreto consistía en que aquellas invisibles hebras de sufrimiento podían desenredarse. Raj percibía la acumulación de dolor. Estaba allí, como un sucio capullo que la envolvía. Raj empezó a tirar de las hebras y éstas se aflojaron. De hecho, resultaba fácil cuando se apreciaba la diferencia entre el alma y la telaraña que la rodeaba. Si se libra a una persona de todo lo que le crea problemas, lo que queda es el alma.

—¿Doctor? —La enfermera asomó por la puerta. Alargó la mano hacia el interruptor de la luz y entonces dudó—. ¿Es paciente suya?

—Me parece que ya no es paciente de nadie —dijo Raj mientras encendía la luz.

—Está bien. Siento haberlo molestado. —La enfermera se marchó, sin duda para anotar algo en la ficha o deslizar una nota por debajo de la puerta de Halverson. Claudia se estremeció ligeramente y levantó la vista.

—¿Qué has hecho? —preguntó en un susurro.

—Nada —dijo Raj—. Voy a darte el alta. Efectiva para mañana por la mañana. No te pasarán a otro doctor. Esta vez no lo vas a necesitar.

Claudia bostezó.

—Es el peor ponche que he probado en mi vida pero el que más me ha subido —dijo. Raj puso las piernas en la cama y esperó los cinco minutos que tardó en dormirse.

A la mañana siguiente Raj localizó al joven doctor del dispensario de la universidad que había atendido a Sasha el día anterior.

—Un mal asunto —masculló. El hecho de que Raj también fuera indio hizo que se saltara un poco las normas—. Estaba en un estado de gran exaltación, pero ésa no es la razón por la que queríamos ingresarla. No puedo leerle el historial, pero usted mismo puede atar los cabos.

El joven doctor dirigió la mirada hacia donde una enfermera en prácticas cosía el labio roto de un jugador de baloncesto. Sangraba mucho y había manchas de sangre en la mesa que se hallaba junto a su cabeza. Raj se dio cuenta de que la sangre de Sasha había manchado aquella misma mesa el día anterior.

—La tensión les afecta mucho —dijo el joven médico.

—Pero ¿no la ingresó? —preguntó Raj con apremio.

—No —dijo el joven médico meneando la cabeza—, se marchó corriendo. He llamado a sus padres, pero saltó el contestador. También he avisado a seguridad para que mantengan vigilada su habitación, por si regresa. No debería contarle todo esto.

Raj le dio las gracias y se fue. Era la mañana de Navidad más clara que recordaba y, al caer en domingo, el escaso tráfico no había contaminado la frescura del aire ni el brillante color del cielo. Raj atravesó el campus con la vaga esperanza de encontrar a Sasha. Sin embargo, de una u otra manera, aquello se había terminado. En el dispensario habían registrado su intento de suicidio y eso haría venir a su familia lo quisieran o no. Raj supuso que la noticia también disgustaría a muchas personas y Sasha no sería bien recibida en la facultad.

Sólo quedaba un lugar al que podía haber ido. Raj tomó un taxi y se presentó en casa de Serena. Llamó a la puerta y una voz potente le gritó que pasara.

Raj entró en el salón. En una esquina, había un árbol de Navidad raquítico de los que quedan cuando has olvidado comprarlo con la suficiente antelación. Delante de Raj estaban Sasha y Serena, la una frente a la otra. Ambas estaban de pie.

—¡Nada puede detener la noche! —gritó Sasha. Llevaba pantalones de deporte y una camiseta rota y tenía el pelo lacio y sucio. Serena se acercó a ella para calmarla, pero Sasha se apartó de un salto. Ni siquiera se había dado cuenta de que Raj estaba en la habitación.

—Vamos a tener que sentarte —dijo Serena con voz comedida—. Date la vuelta, mira quién está aquí.

Sasha soltó un gemido agudo y estridente. Extendió los brazos en cruz y echó la cabeza hacia atrás.

Serena y Raj saltaron al mismo tiempo. Se acercaron por ambos lados para sujetarla por los brazos extendidos. Sasha se retorció y pataleó presa de una frenética desesperación. Serena tenía dificultades para contenerla.

—No puedo inyectarle nada porque no he traído el maletín —dijo Raj con apremio—. Busca alguna cuerda o trae una sábana hecha jirones. Suéltala, creo que puedo sujetarla yo solo.

Serena asintió con la cabeza y soltó el brazo de Sasha. Raj tiró de Sasha hacia el suelo y con el pie la obligó a doblar la rodilla para hacerle perder el equilibrio. Sin embargo, Sasha logró soltarse, y cuando Raj levantó la vista vio que sostenía una pistola. El cañón plateado apuntaba directamente al pecho de Raj.

—Jesús, Jesús. Lo sé porque la Biblia lo dice —recitó Sasha como en un lamento. Estiró los brazos hacia delante mostrando las muñecas, que estaban envueltas en vendas manchadas de sangre seca.

En aquel momento suspendido en el tiempo, Raj no podía sentir otra cosa más que pánico, pero, en cambio, observó con calma los ojos de Sasha y vio lo que ella no podía ver. Sasha no era aquella máscara de locura. Tampoco era el torrente de dolor que la arrastraba. Molly no estaba allí para guiarlo, pero Raj vio una luz tenue y temblorosa que sólo podía verse a través del alma. A cada segundo, la luz penetra más y más en el interior de todas las personas para despertarlas. Ahora, Raj sabía que esto no sólo era así para Molly, él o quienquiera que anhelase ser despertado. La luz atraviesa el sufrimiento y el dolor. La luz es la presencia invisible que hacía que el extremo de la pistola y la mano que la sujetaba fueran sagrados.

Raj no dijo a Sasha que bajara el arma, pero tuvo la sensación de que lo haría porque se veía a sí misma a través de los ojos de él; así que esperó. Sasha titubeó. Podía acabar con aquello allí mismo, como le decían las voces, y sumergirse de nuevo en la terrorífica oscuridad.

—¡Uh! —exclamó Sasha.

Serena estaba paralizada a unos tres metros a la izquierda de Sasha.

—¿A qué esperas? —preguntó Serena con voz firme mirando a Raj a los ojos—. Deja que acabe contigo. ¿O te quedarás a comer?

—¿Lo dejas en mis manos? —dijo Raj—. Podría morir ahora mismo.

—Tengo noticias para ti, querido. Alguien te ha ayudado a superar esta situación —dijo Serena.

El sonido de sus voces distrajo a Sasha. Bajó el arma una fracción de segundo y Serena saltó sobre ella echándola al suelo con el peso de su cuerpo. A continuación, le arrebató la pistola.

—¡Oh! —gritó Sasha, aunque dejó de forcejear enseguida.

—Nadie quiere hacerte daño —dijo Raj para infundirle confianza. Les costó un poco llevar a Sasha hasta el sofá, pero una vez allí, se derrumbó con la cabeza colgando. Su rabia maníaca se había convertido en un pesado sopor.

«Sin duda, Serena tenía razón», pensó Raj. Dependía de él. De una forma misteriosa, había arreglado las cosas para que, en aquel preciso instante, Sasha, enloquecida y esquizofrénica, disparara sobre él y así poder reunirse con Molly. «Tendrás lo que desees», le había dicho Serena cuando estaba desesperado.

—Me alegro de que, después de todo, hayas decidido quedarte —dijo Serena, que le había leído el pensamiento—. Bienvenido al terreno de juego.

—Sí. —Raj estaba jadeando. No se había percatado de cómo le había subido la adrenalina.

Telefoneó al hospital para que ingresaran a Sasha. Durante el traslado en el coche de Serena, Sasha continuó distante, silenciosa y aturdida. Transcurrieron varias horas antes de que Raj pudiera irse de nuevo, pero Serena lo había esperado. Raj le pidió que lo dejara en el apartamento de Maya.

—Crees que podrías haberla salvado, ¿verdad? —dijo Serena.

—No supe reaccionar. Pero tendré otra oportunidad —contestó Raj. De eso estaba seguro. «Todas las almas quie-

ren salir a la luz, pero algunas están más escondidas que otras»,
pensó.

Antes de dejarlo, Serena dijo algo sorprendente.

—Dejadme morir para que pueda estar con los ángeles.
Entonces pediré a los ángeles que me dejen morir para poder
estar con las estrellas. Después, nadie puede imaginar adónde
iré.

—¿Qué es esto? —preguntó Raj.

—Un poema. Cuídate.

Serena se alejó a la luz del crepúsculo, que era tan claro
como lo había sido el resto del día. Todavía era temprano,
pero Raj vio a Venus brillar en el oeste, entre dos edificios.
Fuera lo que fuera lo que había más allá de las estrellas, alguien había venido para desvelar el secreto.

Del autor

Cuando al amor se le deja libre, no conoce límites. Busca los lugares secretos que nunca esperaron ser amados, y cuando los toca el resultado es inexorable: el amor es el que vence. Lo mismo ocurre con la sanación: es lo que tienen en común los dos. Raj Rabban tuvo la increíble suerte de encontrar a una persona que vio que su destino era ser un sanador, y se convirtió en sanador porque Molly lo miró con los ojos del alma.

Sin embargo, una vez finalizado el relato, no pude olvidarme de Raj. Seguí pensando en todas las personas que no encuentran a una Molly y que nunca oyen a nadie decir: «Yo soy amor.» Quería que Raj regresara cinco años más tarde y reuniera a todos sus conocidos para contarles que continuaba amando y sanando. Resultaría muy satisfactorio para el autor si Raj volviera y dijera unas cuantas cosas que pudieran ser recordadas en los tiempos difíciles y cuando hay escasez de amor:

El amor no es un mero sentimiento. Contiene la verdad y, por lo tanto, es ley.

El amor se adapta a nuestra visión. Siempre conseguimos lo que queremos. Deseemos, entonces, el amor más elevado que podamos imaginar.

El único amor perfecto está más allá de lo personal. Si queremos entregar a alguien nuestro amor más profundo, primero tenemos que ver más allá de esa persona. Si queremos recibir el amor más profundo, tenemos que vernos más allá de nosotros mismos.

El amor divino existe y se expresa a través de los seres humanos.

El amor que proviene del alma vence a la muerte.

Nada es más real que nuestra propia alma.

Si Raj nos dijera estas cosas, creo que serían verdad, pero no toda la verdad. No importa cuántas veces se experimente: el amor siempre será infinito y misterioso. Como Dios, el amor va por delante de nosotros y, justo cuando creemos que lo hemos alcanzado, da un nuevo paso.

Como escribió Serena en su nota, todo es posible, así que hay que estar preparado. Y si eres de aquellos lectores que leen primero la última página, el final es el amor.

Siempre.

OTRAS OBRAS DEL AUTOR

CUERPOS SIN EDAD, MENTES SIN TIEMPO

Cuando nuestra atención permanece centrada en el pasado o en el futuro, estamos dominados por el tiempo.

Pasado y futuro son sólo proyecciones mentales. Si logramos liberarnos de ellas en lugar de intentar revivir continuamente el pasado o de controlar el futuro, abriremos un espacio para la experiencia de un cuerpo sin edad y una mente sin tiempo.

«El tiempo no es un absoluto», nos enseña Deepak Chopra, explicándonos que el envejecimiento depende de nuestra conciencia. Podemos utilizar el poder de ésta para transformar la bioquímica de nuestro cuerpo, crear las condiciones para la longevidad y preservar el equilibrio de la vida.

En éste, su libro fundamental, Chopra nos brinda herramientas para modificar nuestra percepción sobre la edad, para conservar la vitalidad, la belleza y la creatividad y para valorar al mismo tiempo la sabiduría acumulada a lo largo de la vida.

«Cuerpos sin edad, mentes sin tiempo revela la conexión mente-cuerpo de un modo absolutamente útil y práctico. La sabiduría y el ingenio de Chopra relucen a través de sus textos.»

Elisabeth Kübler-Ross

LOS SEÑORES DE LA LUZ

El doctor Michael Aulden rara vez recuerda el pasado. En realidad, teme reencontrarse con imágenes dolorosas y eternas. Para evitar las extrañas pesadillas que pueblan sus noches ha solicitado un puesto en el WHO, un servicio de medicina internacional que trabaja en el Oriente Próximo.

Michael lo ha visto todo en un lugar desgarrado por la guerra. Pero nada lo ha preparado para el mal que está a punto de presenciar. Porque en un cueva de Iraq, un joven conocido como el Profeta se dispone a desatar un terror de proporciones épicas.

Su meta: destruir el equilibrio entre el bien y el mal.

Sólo la unión de las treinta y seis almas puras que viven en la Tierra puede salvar el planeta. Michael no se considera uno de los elegidos, y deberá atravesar escalofriantes situaciones antes de aceptar que es necesario luchar contra el Profeta a fin de evitar que un apocalipsis mundial transforme el planeta en el infierno más terrible que se pueda imaginar.

UN ÁNGEL SE ACERCA

En un pueblo incendiado de Kosovo, dos soldados son golpeados por una luz enceguecedora...

En el estado de Nueva York, un médico corre a atender a un vecino que sufrió un ataque y de pronto se ve acusado del sangriento homicidio de ese hombre...

En un laboratorio de Nevada, un científico que analiza una extraña forma de vida descubre lo imposible...

En todo el mundo, el tejido de la realidad se está desarmando. Los estudiosos luchan por comprender el fenómeno. Y un médico estadounidense llamado Michael Aulden está en el centro de una guerra que compromete no sólo el cuerpo y la mente, sino también el alma, mientras la humanidad debe elegir entre el bien que siempre existió en el corazón de los hombres y el mal que ha elegido a la Tierra como morada...

Los libros de Deepak Chopra sobre espiritualidad han sido un fenómeno internacional de ventas. Ahora, el autor de *Cuerpos sin edad, mentes sin tiempo* y *El camino hacia el amor* ha creado, con la colaboración de Martin Greenberg, una historia extraordinaria que que se nutre de su visión acerca de lo divino. Con una narrativa atrapante, *Un ángel se acerca* nos adentra en una historia de proporciones épicas, donde hay armas más poderosas que las ametralladoras y las bombas. El bien y el mal se enfrentan, y lo que está en juego es el futuro de la humanidad.